幸いは降る星のごとく

橋本　治

集英社文庫

幸いは降る星のごとく　目次

第一話　欲望という名の電気ゴタツ

第二話　セックスレス・アンド・ザ・シティ

第三話　電気ゴタツは安楽椅子の夢を見るか

第四話　すべての人に幸福な未来を

幸いは降る星のごとく

第一話
欲望という名の電気ゴタツ

一　ツァラトゥストラはまだ語らない

　それは「女芸人ブーム」というものが訪れる少し前の、冬のことである。ということは、レトリック的には「女芸人達にとっては冬の時代でもあった」ということを響かせてもいるのだが、しかし、「冬来たりなば春遠からじ」などというむずかしい言葉を知らない女芸人達は、さして寒くもない東京の冬の中で「寒いね」などという挨拶も交わさず、同じような日々を当たり前に過ごしていたのだった。だからどうだというと別にどうということもないので、意味のない説明を続ける作者は、いささか困ってしまうのだった。

　そもそも、「女芸人ブーム」などというものがいつやって来るのか、それが分からない。「それは〝女芸人ブーム〟というものが訪れる少し前の――」などと未来形にしてしまっているが、もしかしたら、もう「女芸人ブーム」は来てしまっているのかもしれない。「いつやって来たのか分からない」のであるのだから、すべては曖昧なのである。ブームになったからと言って、それは何百億、何千億円もの経済効果をもたらすものではない。そのブームは、「女芸人」と呼ばれて生きて来た女達に、ささやかな幸福をもたらすだけのものなのである。だから、そんなものが来たって、「知らない」と思う人には気づかれない。それは、倹《つま》しくささやかで、心温まるものでしかないのである。

ささやかなものであるくせに、「女芸人ブーム」というのは、非常に複雑な社会学的背景を持っている。それは、とても複雑なものなのである。意味のない繰り返しを責めないでほしい。

「女芸人ブーム」は、「空前の」と言われたお笑いブームの果てにやって来る。「果てにやって来た」からと言って、それは「末期症状」と言われるようなものとは違う。二十一世紀に「空前の」が付いてしまうと、それは「以前とは全然違った質のものである」という意味になるようなものだから、「空前のお笑いブーム」の後にやって来る「女芸人ブーム」は、それまでとはまったく異質な、社会の構造変化を表すようなものになってしまうのである（ほら、むずかしいだろう）。

「空前のお笑いブーム」と言われるものは、実は「空前の芸人ブーム」で、「芸人のアイドル化」なのである。

「芸人」というのは、若い娘にキャーキャー言われる「クラスの人気者」のようなもので、狭いライブホールで若い娘達に少しばかりキャーキャー言われるようになると、テレビ番組のオーディションを受けられる。これに通ってネタが当たれば、もう人気者である。三カ月ほど似たようなネタをやって、バラエティー番組に呼ばれるようになると、もうネタをやらなくてもいい。「人気若手芸人の一人」になって、テレビの中をうろついていればいい。必要なのは「番組全体のにぎやかし」で、うっかりネタなんかをやってしまうと、「番組の足を引っ張る者」にされてしまう。バラエティー番組でやることは、放送作家が考えてくれるから、その構成台本に合わせてテキトーにやることが「芸人の腕」なのである。

イケメンである必要はない。ネタをやる必要がないので、「芸」というものを磨く必要もない。ヘタなことをやってすべっても、「芸人のくせにすべっている」ということで、笑いの対象になる。つまり、一度「人気お笑い芸人」として認知されてしまうと、その後は格別のことをしなくても、生きて行けるのである。

かつては「クラスの人気者」だった男は、やがて「東京に出て活躍している高校の先輩」になる。テレビのバラエティー番組というものは、週一で開かれる田舎の高校の卒業生の飲み会のようなものだから、人はそれを見て、「あ、先輩は今日もまた元気に東京で活躍していらっしゃる」と思えて、心をくつろげるのである。「こんな話ばかりしていて、果して小説になるのだろうか?」と、作者自身も思わなくはないのだが、いかんせん、まだ肝心の女芸人が姿を現していないので、しばらくはこんな調子で続けるしかない。

二　芸人の夜明け

芸人の社会は自由競争の社会なので、女性参加が禁じられているわけではない。しかし、お笑いブームは若い女によって支えられているので、女の芸人には不利である。「おもしろい人が好き」と若い女が言えば、それに乗って男の芸人は「東京で活躍している高校の先輩」になれる。しかし、若い男というものは、「おもしろい女が好き」とは言わずに、「可愛い女が好き」とか「きれいな女が好き」とかを言うものだから、女の芸人には分《ぶ》が悪い。女の芸人とは、普通「可愛い」とか「きれい」の否定形を前提にするものだからである。

男前でなくても、ブサイクでも、うけてしまえば、男の芸人は人気者になれる。しかし、女の芸人はそうはいかない。

女は、女の芸人にキャーキャー言わない。男も女の芸人にはキャーキャー言わない。

言われたかったらアイドルになるしかないが、「それが出来るんだったらさっさとやってるわよ」と言う女芸人にとって、芸人の世界は、男にのみ正規雇用の道が開かれ、女には非正規雇用の窓口しかないという、完全な男社会なのである。

そんな社会に生きる彼女達に、どうして「ブーム」などというものが訪れるのだろうか？　そんなものが訪れるのだとしたら、それはすべての衆生《しゆじよう》の上に遍《あまね》く慈悲の光を降り注がれる御仏のお力によるものだとしか考えられないが、もしかしたらそうかもしれない……。

降り積る時の力が偉大だということは、化石燃料を焚《た》き続けた人類が地球そのものの温暖化を実現してしまったことからも知れるが、お笑いもまた、一種の化石燃料なのである。それを燃やし続けて人の心を温め続け、ついには社会環境の激変までも実現させてしまったのだ。ついでに「資源の枯渇」も。

テレビのない時代に、人は「芸人になりたい」などとは思わなかった。芸人は「芸人」という特殊な存在で、そこでは女の芸人も男の芸人も、等しく「芸人」というカテゴリーでくくられていた。世のすべての職業と同様に、芸人にもまた、厳しい修業が必須とされていた。「芸人になって食って行く」などという選択肢は、まともなものとして存在していなかった。しかし、テレビが普及してみんながゲラゲラ笑い、「職業には厳しい修業がつきものだ」ということが忘れられて行くと、「お笑い芸人になりたい」

という不思議な選択肢が登場してしまうのである。

どうしてそういうことになるのかというと、世の中には、勉強が嫌いで、廊下ですっ転んだり柱にぶつかったり階段から転げ落ちたりするのが好きな子供もいて、そういう子供がテレビを見ると、「僕もああやって洗面器で頭を叩かれれば生きて行けるのではないか」と思ってしまうからである。他ならぬ作者の私がそうだったので、これはもう自信を持って断言が出来るのである。

しかし、子供がそんなことを考えても、親は喜ばなかった。親が子供に望むのは、堅実な職業か、人も羨む花やかな職業で、「人に笑われる職業などあっていいものか」と思っていたからである。「芸人の夜明け」は、まだ訪れかけたばかりなのだ。

だが、この世に生きる人類は、やがて真面目に働くことをバカバカしいと思うようになる。あくせく働かなくてもなんとかなるんじゃないかと思われる状況がやって来て、世界を変える「お笑いブーム」がやって来るのである。

最初にやって来たお笑いブームは、「マンザイ」という形を取っていた。それは、「一人前の職業人になるためには修業が必要で、人前に立つならば、お客様にお見せするネタが必要である」という古い常識にのっとっていて、しかしその常識をぶち壊すことになるようなものだった。どうしてそういうむずかしいことになるのかというと、「笑い」というものが、まともなものを衝《つ》き崩してしまう力を持っているものだからである。笑いを成り立たせるためには、きちんとしたルールが必要である――と同時に、ルーティン化した笑いの法則を裏切ることによっても、笑いというものは生まれてしまう。お笑いとは、日本人の好きな「ビルド・アンド・スクラップ」で「スクラップ・アンド・ビルド」だったのである。

笑いの渦は日本全国に広がり、広がると共に笑いを「芸」として成り立たせていた法則性は崩れ、勉強好きではない日本中の中高校生の男子に、「へんなことをしでかせば人気者として生きて行くことが出来るらしい」という新しい展望を開いてしまう。そのようにして、「芸人」という新種の人類は生まれてしまうのである。

本篇のヒロイン金坪真名子《かなつぼまなこ》（本名）も、そうした新人類の一人だった。

三　モンスーンパレスの女

金坪真名子は、某県のガマゴオリに生まれた。ガマゴオリというと、人はその語感から蒲《がま》の穂の生えた湿地にガマガエルがゴロゴロと転がっているような所だと思いがちだが、そんなことはない。海岸にはヤシの木が葉をそよがせ、道行く人達の中にはスペイン語を話す人も多くいる、風光明媚な国際都市である。東京からも大阪からも距離を置き、毒々しい都会文化に脅《おびや》かされることもない穏やかなガマゴオリの地で、金坪真名子は健やかに育った。

金坪の家は徳川家康の開いた金山《きんざん》の下役人の家系で、真名子の父は真面目な地方公務員だった。あまりにも真面目すぎたので、「カナツボマナコ」という言葉が、「引っ込んだ丸く小さな奥目」を指すということを知らなかった。日本人としての正しい教育である漢字――つまり「真名の字」をきちんと身につけて、往古の紫式部や清少納言のような立派な娘になってほしいと思い、それで生まれた一人娘に「真名子」の名を授けたのである。もちろん、両親共に美しい日本的な切れ長の一重瞼だったから、その間に生まれた娘が、ブザマな金壺《かなつぼ》眼《まなこ》になるなどとは、思ってもみなかった――だから、金坪真名子は、美しく涼やかな一重瞼の女なのである。

真名子の母は、明るく楚々《そそ》とした美人だった。父親は面長で、しっかりと男らしい顎の持ち主だった。二人がドッキングした結果、娘の真名子は妙に顔の大きい面長で顎の張った一重瞼の女になった。これが明治か大正だったら、金坪真名子は「日本的な色気のある女」にもなれたのであるが。

色白の真名子は、着物の似合う体型をしていた。シンプルな着物のラインを生かすように、出っ張ったところがほとんどない。しかも頭が大きいせいか、猫背気味で、首を前に突き出すようにして歩く。衣紋《えもん》を抜いて着物を着れば、芸一本で生きて来た武家出身の老妓《ろうぎ》とか、修羅場をくぐって来た芸者置屋のおかみになれそうな体型をしているのだが、時代が時代なので、そういう選択肢はない。

　彼女の家系の中に、零落《れいらく》して芸者になった旗本の娘とか、置屋のおかみというものは存在しないから、彼女がそうなってしまったのはＤＮＡのなせるわざではない。まだ国際都市への道を歩み始める前のガマゴオリの地で、重いランドセルを背負って舗装のされていない野の道を歩いていたことの後遺症とも思われる。小学校時代の彼女は、華奢《きやしや》な体つきをしている、礼儀正しく勉強好きな、明るい少女だったのである。

　彼女は、二十歳を過ぎるまで、自分のありようを疑ってみることがなかった。

　彼女が入ったのは、なんと、東京辺の国立大学だった。彼女は頭がよかった。将来は、外交官か通訳になりたいと思っていた。大学に合格し、一人でアパートに住み、大学に通っていた。そこまではよかった。ところがしばらくして、なんとなく「へんだ」という気がして来た。なにがへんなのかは分からないが、なんとなくへんなのだ。自分のありようが変わったわけではない。しかし、「なんとなくへんだ」という感じが、ジワッ、ジワッと押し寄せて来ていた。

　大学には男子学生がいた。高校は女子校だったが、中学や小学校は共学で、当たり前に男子生徒はいた。だから、男子学生がいるのは不思議ではない。不思議ではないのだが、気がつくと、男子学生と女子学生が無意味に一緒にいることが多い——多いような気がした。

それは気のせいかとも思うのだが、しかし、なんだかへんに引っかかる――引っかかるそのこと自体がおかしいのかもしれないが、しかし、なんとなく引っかかることは事実なのだ。「いずれ自分の目のピントが合えば、このぼやけたモヤモヤは消えてなくなるのではないか」と思うのだが、眼鏡をかけてもはずしても、「男子学生と女子学生が無意味に一緒にいることが多い」と思われる事実は、消えないのだった。

真名子は、自分が「もてない女」だとは思わない。「もてない」というのは、自分が「もてたい」と思っていて、にもかかわらず男からは関心を示してもらえないことだと思っている真名子は、自分が格別「男にもてたい」と思っていない以上、自分が「もてない女」であるはずはないのだと思っていた。

そのことは確かなのだけれど、しかし、それでもなんだかおかしい――そのこともまた確かなように思えた。

金坪真名子には、安井貴子《やすいたかこ》という安いんだか高いんだか分からない同郷の友人がいた。真名子とは小中高と一緒で、重いランドセルをかついで歩く真名子と並んで「べつにどうということもない」という顔をして歩いていた貴子は、真名子と一緒に上京し、真名子とは違う短大に通っていた。部屋こそ違うがアパートも同じで、同郷の幼なじみの貴子と真名子は仲がよかったが、真名子はひそかに「貴ちゃんは不美人だ」と思っていた。

人として正しく健やかに育った真名子は、人に必要な嗜《たしな》みも十分に備えていたので、そんなことを口には出さなかったが、「不美人というのは、貴ちゃんのような子を指すのではないか」と思っていた。

理由の第一は、貴子の下がり気味の目許《めもと》が暗いことで、ぐずぐずとしていて決断力のないことが、その目許に表れているように思えた。しかしそのくせ、茂みの中から蛇が通学路に現れたりすると、平気でその蛇をつまみ上げたりしてしまう。「こわい」という表情も見せず、つまみ上げた蛇を持ち上げても、格別に勝ち誇ったような表情も見せない。平気で「蛇だ」と言って、それをまた茂みの中に平然と投げ捨ててしまう。

「蛇だということは、つまみ上げてマジマジと見なくても分かるだろうに」と真名子は思うのだが、小学生時代から眼鏡をかけている近眼の真名子とは違って視力のいいはずの貴子は、指先でウネウネしている蛇を見ないと、それが「蛇である」とは気づかないらしいのだ。

「貴ちゃんはどうかしている」と、真名子は思う。その「どうかしている」の貴子は、べつに真名子を慕っているようにも思えない。放っておけば一人で、どこを見ているのか分からないどんよりした目付きで、ぼんやりと突っ立っている。人に必須の義俠心《ぎきょうしん》というものを持ち合わせる真名子は、勝手に「貴ちゃんを放っておくわけにはいかない」と思って、貴子と仲よくしているのだった——そこのところを貴子の両親もよく分かっていて、上京をする時は、「貴子をお願いしますね」と、真名子に言って頭を下げた。

それはそれでよかったのだが、その時そばに立っていた貴子の兄貴は、母親の言葉にうなずくようにして、「お前はぼんやりしてるからな」と妹に言った。真名子は「その通り」と思って内心大きくうなずいた。ところが、それまではただぼんやりと突っ立っていただけの貴子は、道に出て来た蛇をつまみ上げた時のような声を出して、「なんでよ?」と言ったのである。

今更「なんでよ?」もない。そのリアクションの遅さが貴子なのだと思う真名子は、「やっぱり私がついてってやらなきゃだめだ」と思ったが、実際がどうだったのかはよく分からない。

真名子は、大気成分の違う星に降り立った、ガマゴオリ星から来た宇宙人のような存在で、貴子はその真名子が生きて行くために必要な生まれ故郷の大気を発生させる、大気循環装置だか発生装置の役割を担っていたのである。

貴子がいる限り、真名子はガマゴオリに於いて確立された自分の少女時代のあり方を確固とさせておくことが出来る。

真名子の髪は、小学校時に確立されたオシャレなおかっぱ頭のままだった。時々は、前髪を横に分けてピンで留める。それでもうオシャレである。真名子の頭の中は昭和三十年代の男とおんなじで、オシャレとただの「身だしなみ」の間の区別がついていなかったのである。

高校を卒業する時には化粧品会社の人間が学校にやって来て、美容講習をやった。まだ高校生が化粧をして学校へやって来る時代ではなかった。顔に化粧水やらクリームやらなにやらを塗りたくって、口紅を引いた。アイメイクもしたが、真名子の顔は「見違えるほどきれい」にはならなかった。真名子の肌は白くて美しかったので、顔に「なにやら」を塗る必要もなかった。しかし、故郷を出て広い社会に生きようという心構えを持つ真名子は、「特別な時に、女はこのようなことをするのだな」と理解した。真名子にとって、美容講習はマナー学習の一種だったのである。

東京辺の大学に入って、真名子は出掛ける前に髪をとかしたが、化粧はしなかった。真名子にとって大学に行くのは、「特別なこと」ではなかった。

短大の入学式に出掛ける貴子は、口紅を塗って部屋から出て来た。真名子はそれを見て、「どうしたの？」と言った。

貴子は、「おかしい？」と言った。真名子は、「おかしいよ」と言った。安井貴子が口紅を塗っているのは、真名子の目からすれば、それだけで「おかしい」のだ。「やっぱり貴ちゃんはどうかしている」と、真名子は思った。

大学に化粧をして行くのは、バカな女子大生だけだ——真名子は世間の常識に照らし合わせて、そのように判断をした。

自分は「バカな女子大生」ではない。だとしたら、大学に化粧をして行く必要はない。大学の入学式も「特別な時」ではない。特別な時とは、ホテルのレストランに招《よ》ばれてフランス料理を食べるような時なのだ。だから自分は、入学式の時に口紅など塗って行かない。それなのに安井貴子は、状況も理解せず、口紅を塗っている。だからこそ真名子は、「おかしいよ」と言った。

「おかしい」と言われて、安井貴子は首をかしげ、唇をペロペロと舐《な》めた。それだけで、どうということもない平気な顔をしていた。それで真名子は、「やっぱり貴ちゃんはどうかしている」と、改めてジャッジした。

その後も時々、貴子は口紅を塗っていた。それは真名子にとって、「貴ちゃんは時々おかしくなる」ということで、そのことを呑み込んだ真名子は、もう「おかしいよ」とは言わなかった。安井貴子は、根本のところでなにかがずれているぼんやりした女でもあるからだ。

貴子のありようには触れず、真名子はその代わり、鏡の前でひそかに口紅を塗ってみるようになった。化粧道具の一通りは母に買ってもらっていて、真名子の母親は、「女というものは本能の力によって化粧する能力を上げていくものだ」と思っていたのである。

しかしどう見ても、口紅を引いた真名子の顔はおかしい。「ただ口紅だけを塗る」ということが顔全体のバランスを崩してしまうのかと思い、「よーし！」と意気込んで顔にさまざまなものを塗りたくり、それまでは使ったことのないマスカラまで引っ張り出して、一重瞼から下へ向かって突き出している睫《まつげ》に無駄な塗り方をして、更にはアイラインさえも引いてみたが、仕上げに口紅を塗ってみるまでもなく、自分のしたことが「化粧」とは違うことなのだということが理解された。

真名子は、「自分にはおかしな顔に見せる能力がないのだ」ということを理解した。

それが、貴子との差なのだと思った。

真名子の試行錯誤は、自分自身に関する新しい発見の一つで終わったが、その内に、思いもしない言葉が胸の内から湧き上がって来るようになった。金坪真名子は、安井貴子のことを「不美人だ」と思っていたが、自分のことを「不美人だ」とは思わなかった。それがいつの間にか、うっかりすると、「貴ちゃんは私と同じように不美人だから」と思うようになってしまっていたのである。

ある日のこと、アパートの近くのファストフード店で、ストローを咥《くわ》えてメロンソーダを飲んでいる貴子の顔を見て、そう思った。なぜそう思ったのかは分からない。貴子の顔は相変わらずで、真名子からすれば知性のかけらもないような表情だった。真名子と同じようなおかっぱ頭の毛先を伸ばし、高校に入ってからはそれを内側にカールさせている。その顔の両側の髪を、意味もなく掻き上げようとする。金坪真名子は、「貴ちゃんは、自分を女らしく見せたいんだなァ、無駄なのに」と思って、その先にうっかりと、「貴ちゃんは、私と同じように不美人なんだから」というモノローグを思い浮かべてしまったのである。

それはただ、「貴ちゃんは愚かなので無駄な努力をしている。私はそんなことをしていない」という、事実認識のための並列化だったはずなのである。ところがそこにうっかりと、不気味な魔女の呪いの靄《もや》のようなものが紛れ込んでしまっていたのである。

真名子はドキッとした。「自分は不美人だ」などとは、それまでに一度も思ったことがなかったからである。「人は勝手に、私のことを不美人だと思いたがっているようなフシがないわけでもないけれど、それは勝手な間違いである」と思ったことはあるけれど、「私は不美人だ」などという認識をしたことは、一度もなかった。

幼い頃、鏡に向かっていた母親の膝に寄って、「お母さん、私ってきれい？」と尋ねたことがある。鏡に映る母親の顔がきれいで、「自分も母親のようにきれいになりたい」と思ったからだった。

しかし母親は、「真名ちゃんはきれいよ」とは言わなかった。代わりに、両手で真名子の顔を押さえ、自分の顔を寄せると、鏡の中の真名子に向かい、「真名ちゃんは、すごく可愛いわよ」と、頬ずりをしながら言った。

あいにくと真名子は、聡明な娘だった。「きれい？」と尋ねた答が「可愛い」であることの差に気づいた。だからと言って、それで落胆したわけではなかった。鏡の中には、真名子と母親と二つの顔があって、母親の顔は紛れもなく「きれい」だった。自分の顔は母親の顔とは違っていて、だとすると、母親の顔が「きれい」なら、自分の顔は「可愛い」なのだと理解した。「きれい」というのが遠い未来にかかる形容詞で、「可愛い」というのは、まだ未来を遠く見る現在の自分が担当するものなのだろうなどと、小学校に入ってすぐの子供にしてはかなり高度な理解の仕方をした。

娘の頭を押さえる母親の掌《てのひら》はやさしく、幼い真名子は十分に幸福だった。

真名子の母親にとって、一人娘の真名子は永遠に可愛い存在で、その娘に「困った事態」が発生しなければ、それでよかったのである――つまり、永遠に「可愛い」のままだったのである。

真名子は素直で聞き分けもよく、勉強も出来て学校の先生にも愛され、友達とも仲よくしていた――なんの問題もなかった。

しかし、時というものは経ってしまう。未来に於いて「きれい」に届くかもしれない女の子のあり方を保護する「可愛い」という形容詞の賞味期限は、切れかかっていたのである。

娘が高校を卒業しようとする頃になって、真名子の母親はひそかに、「我が娘はあまり美しくないのではないか」と思った。「きれいなお嬢さんですね」で通って行くのは、少しむずかしいのではないかと思った。思ったが、当人には言わなかった。「どんな娘であれ、女というものは本能の力によって化粧する能力を上げていくものだ」と思った。つまりは、「知らない……」と、問題を棚上げし、当人に預けたのである。「女の自立」はもう当たり前のものになっていたから、この母親の措置は間違っていなかったのである。

母親とは別方面で、真名子も「もしかしたら、自分のなにかしらの賞味期限が切れているか、切れかかっているのではないか」と思った。思ったのは鏡によってではなく、ふと気がつくと、男子学生と女子学生が無意味に一緒にいることが多いように思えたからである。

作者はここで、金坪真名子と安井貴子が「モンスーンパレス」というお笑いコンビを結成するまでの由来を手短に語るはずだったのだが、どうもそのようにはならなかった——。

四　お笑い探査計画

真名子が「どうして男子学生と女子学生は無意味に一緒にいたりするのだろう？　あるいはそれは、自分の目の迷いかなにかなのだろうか？」と思った時に、安井貴子の顔を思い浮かべたのは、貴子が「もてない女」だからだった。

貴子は明らかに「男にもてたい」と思っている。「やっぱり貴ちゃんはどうかしている」と真名子が思う時――それはよく考えれば、貴子が「男にもてたい」と思って無意味な努力か、あるいは悪あがきをしている時なのだった。

しかし、貴子が男と一緒にいるところを、真名子は見たことがない。そんな話を聞いたこともない。若い男の店員を相手に、貴子がうつむいてなにかを言っているところなら、見たことがある。「男にもてたい」と思ってそれがかなわぬままにある貴子は、「もてない女」なのだ。

女しかいない短大に通っている貴子に、男との接点がないのは仕方がない。しかし自分は、共学の大学に通っている。所属する学科は、学部の中でも「辺境」と言われるようなところだから、ロクな男はいない。だから真名子は、そんな男達にちやほやされたいとも思っていない。自分の胸がときめかないのは自分のせいではないから、真名子は

「男にもてたい」などとは思わない。にもかかわらずその自分が、あらぬ幻覚を見るように、男子学生と女子学生が無意味に一緒にいる光景を目撃してしまう——「一体これはなぜだ？」と考えて、どういうわけか真名子は、「この謎を解く鍵は貴ちゃんが握っているような気がする」と思ったのだった。

人間には左の目と右の目があって、その両方があるからこそ、人間は物事を立体的に捉《とら》えられるのだと真名子は知っていて、「男にもてたい」とは思わない自分がその右目、「男にもてたい」と思ってかなわない安井貴子が、右目とは違う見方をする左目ではないのかと思ったのだった。「なんでそんなめんどくさい考え方をするのか？」と思う人には思われることだが、金坪真名子はそのような考え方をする知的な女だったのだ。

「なァ貴ちゃん、不思議だと思わん？」

貴子の部屋の電気ゴタツに足を突っ込み、故郷の母が送って来たピンクの花柄模様の綿入れ半纏《はんてん》を着た背中を丸めて、その内に二十歳になるであろうという冬の一夜、暇を持て余した真名子が言った。

「なにが？」と、安井貴子はどうでもいいような調子で答えた。

貴子があまり乗ってこないので、真名子はテレビに向かって、「こんなもんのどこがいいかね？」と言った。貴子が見ているテレビの画面の中では、「光ＧＥＮＪＩ」という名のか細い少年達がローラースケートを履いて、転びもせず、歌ったり踊ったりをしていた。

貴子はそれを聞き流して、答えもしない。金坪真名子には、安井貴子が好きなものを片っ端から否定してしまうという性向がある。慣れているので、貴子はどうとも思わない。それを言うなら金坪真名子には、貴子のいる前で「声に出してひとりごとを言う」という癖もあるのだ。

花柄綿入れ半纏の背中を丸めている金坪真名子に対して、娘らしいとも思えない青黒の絣《かすり》模様風の綿入れ半纏を着て脱力感で背中を丸めている安井貴子は、なにも言わなかった。貴子の綿入れ半纏もまた国の母親が送って来たものだったが、貴子が真名子の半纏に対してなんの論評も加えずにいたのと同様、真名子もなにも言わなかった。二人は、「真名ちゃん家《ち》のお母さんはそういう人」「貴ちゃん家のお母さんはそういう人」という理解を共有していたのである。

貴子が相手をしてくれないので、真名子は一人問答を続けた。

「なァ、なんでつまらん男が、つまらん女と本気でくっついとるのかな？」

貴子は、口を半開きにして振り向いた。

「よう見るよ」と言って、真名子は貴子にではなく、コタツの上で食べかけになっているミカンに目を向け、一房を取って口に入れた。

真名子の視線は宙に浮いて、貴子の方を見ていない。貴子は口を半開きにしたまま、真名子のその顔を見た。真名子がなにを言っているのか、貴子にはよく分からない。

真名子は視線を宙にさまよわせている。しかしそうでありながら、真名子には、貴子が先を促しているのだということが、よく分かっていた。

「私は、幻覚かもしれんとは思うのだがね、どうでもいい男とどうでもいい女が、よくくっついておるのよ。貴ちゃん、どう思う？」

言われて、貴子の半開きの口は、もう一段階ガクンとゆるくなった。

「私の目の迷いかね？」と言って、ようやく真名子は、貴子の顔に視線を合わせた。口をぽかんと開けたままの貴子の顔を見て、真名子は、「貴ちゃんは相変わらずのバカだ」とは思わなかった。「きっと、自分もおんなじような顔をしているのだろうな」と思った。

真名子の思考回路は怪しげなところをさまよっているのだが、しかしそのくせ、理性だけはぼんやりと生きていたのだった。

「あのさ――」と、貴子は言った。

「それって、真名ちゃんが、男に相手にされてないってこと？」

貴子に言われて、真名子は偏平な白い顔を振った。

「うんにゃ。だって私は、〝男にもてたい〟とは思っとらんもん」

珍しく安井貴子は、きっぱりと言った。

「もてたいとかなんとかじゃなくて、真名ちゃんは、もててないわけでしょ？」

そこで真名子は、「貴ちゃんはやっぱりどうかしている」と思って、「そうじゃないんだ」と言った。

「学科の山科《やましな》はな、私によう声を掛けて来るの。私も一応女じゃからな。しかし私は、山科のことを、どうも思わんのよ。その私が、山科をそのままにしといたら、山科と無意味に一緒におらねばならん。その経験からして、私はなぜ、どうでもいい男とどうでもいい女が無意味な時間を一緒に過ごしておるのかが、分からんのよ」

貴子は、真名子の大学のクラスメイトである山科という男を知っている。黒縁眼鏡をかけた面長——というか、なんだか分からない山羊《やぎ》のような感じのする男で、「あれはまァ、どうでもいいよな」と貴子は思うのだが、しかし結局のところ、真名子の言うことがよくは分からない。真名子の言うことは、「いい男にもてない女のひがみ」とも思えるのだが、不思議というのは、真名子がそんなことを口にするような女ではないからだ。

だから分からない。分からないことに相槌《あいづち》の打ちようはない。それで貴子は黙っていた。なにしろ真名子は、「声に出してひとりごとを言う」という癖を持つ女なのだ。放っておいても、どうということはない。

テレビでは演歌歌手の山川豊という、当時的には「若い」に属する男が新曲を歌っていた。貴子にとっては、光GENJIでも山川豊でも同じだった。どちらも「男」なのだ。もう少しカテゴリーを狭めれば、どちらも「若い男」なのだ。

「若い男」を見ていると、安らぎになる——というか、安井貴子にとって、「若い男の姿を無防備になって見る」ということは、心の安らぐ娯楽なのだ。

光GENJIなら口を半開きにして見ている。山川豊なら、その口で裂きイカをかじりながら見ている。山川豊の兄のやはり歌手でもある鳥羽一郎となると、コンビニで売っているあんまんか肉まんをかじりながら見ている。その程度の差である。どの程度の差かというと、口の開け方の大きさの差である。

安井貴子は、自分のことを「不美人かもしれない」と思っていたが、真名子のことを「不美人だ」とは思わなかった。「不美人かもしれない」とは思ったが、「不美人だ」と断定するつもりもなかった。貴子にすれば、「真名ちゃんは、真名ちゃん」であって、そうでしかないものをわざわざ「不美人」というカテゴリーにあてはめる必要もないのである。

貴子の胸の内を共通語で語ると、貴子自身は「女」に属し、その中でも「不美人」というカテゴリーに属するのかもしれないが、金坪真名子は「金坪真名子」というカテゴリーに属する生き物だから、「不美人か否か」というジャッジを受ける必要はないということである。

　もっと平たく言えば、安井貴子は自分にしか関心がないのだ。

　安井貴子は、自分のことを「女だ」と思っているので、「不美人かどうか」ということが気になる。「男にもてるかどうか」も気になる。気になるだけで、やはり女なので、「自分は不美人だ」とか「自分はもてない」という断定はしない。そのもやもやとした峠道のようなところを辿《たど》って行くのが、女であることのスリリングなのだ。

　しかし、金坪真名子は個なる存在なので、自分が不美人かどうかを考えない。「男にもてたい」とも考えていない。テレビに若い男が出て来るのを見て、「心が安らぐ」とも思っていないらしい――だから、否定的な言辞をつらねる。

　貴子は、真名子の言う「〝男にもてたい〟とは思っとらんもん」を、強がりとは思わない。真名子とは古いつきあいだから、真名子がそういう女でないということだけは分かるのだ。しかしそうなると、真名子が「もてない女のひがみ」のようなことを口にする理由が分からない。「大学の山科にはもてるが、山科にはなんの魅力も感じない。世間にはもう少しましな男もいるのに、そういう男はみんな、どうでもいい女とくっついている」――真名子の言うことを普通の日本語に置き換えるとそういうことにしかならないと、貴子は思うのだが、真名子は時々わけの分からないことを言うので、それが

「正しい理解」なのかどうかは分からない。

真名子がわけの分からないことを言った時の対処方法を、貴子は知っている。「ふーん」と言っておけばいいのだ。

だから貴子は「ふーん」と言った。貴子に「ふーん」と言われると、真名子は自分の言ったことが「受け入れられた」と思って、「な?」と念押しをして、更によく分からない話を続ける。「ふーん」と言わないと、真名子は、「自分の言いたいことを妨げられた」と思って、機嫌が悪くなる。機嫌が悪くなると、貴子が「ふーん」と言って「先を続けてもいいよ」という合図を出すまで、同じ話を続けるのだ。それがめんどくさいので、貴子は「ふーん」と言う。それが「声に出してひとりごとを言う」という癖を持つ女との付き合い方なのだ。


貴子が「ふーん」と言ったので、真名子は「な?」と念押しして、「世の若い男女がいかに愚かか」というような話を続け始めた——続け始めたらしいが、貴子はロクに聞いていなかったので、本当はどうだったかよく分からない。テレビには、坂本冬美という女の演歌歌手が出て来て、安井貴子は女に興味がなかったので、ぼんやりと見ていた。そして、「私もカラオケで女心が歌えるようになった方がいいのだろうか?」と、愚にもつかないことを思った。

安井貴子は、松田聖子の『赤いスイートピー』が得意だったのだが、もう『赤いスイートピー』だけで世の中を渡って行けるような年頃ではないのかもしれないと実感をしていた。

その時、電気ゴタツの中には、後にお笑いコンビを結成することになるボケとツッコミの原型となる者達の足が突っ込まれていたのだが、いくらなんでも、その二人が「そうだ、お笑いをやろう！」などという唐突な叫び声を上げることにはならなかった。彼女達は、まだ東京に来て一年目の女子大生で、いかに浮ついていたとはいえ、一九九〇年代の初頭には、高等教育を受けた若い娘が進んでお笑いの道へ足を踏み出すなどという状況は、まだ開けていなかった。それは「身を落とす」という感覚に近いことで、いくら女お笑い芸人の先駆者となる金坪真名子だとて、そのような思い切った決断はなしえなかったのである。

人類が月へ下り立つことは出来ても、月から木星までへの距離はまだまだ遠く、無限の彼方《ビヨンド・ザ・インフィニティ》を目指すのは、そう簡単なことではなかったのだ。

金坪真名子と安井貴子の二人は、この後、さまざまな試練を経て、一年後の冬にお笑いコンビ「モンスーンパレス」を結成することとなる――と言うしかないのであった。

五　愛の錯誤

二人が――というか、真名子がお笑いコンビの結成を考えた直接のきっかけは、貴子が就職試験に失敗をしたことだった。

真名子は、常に「上から目線」で物事を考える女だから、自分から進んでリスクを冒すような考え方をしない。貴子にはまた、「自分で自分の道を切り開く」というような発想がない。それで、就職試験に落ちて悲観し、「自分はこの先どうすればよいのだろう？」と考えているんじゃないかと思われる貴子のために、真名子は、「お笑いタレントになるという選択肢もあるんじゃないか」ということを考えてやったのである――これが公式の「コンビ結成のきっかけ」である。

「貴ちゃんはどうかしている」と考えている真名子は、「貴ちゃんは、普通の社会には適合出来ないのではないか」と考えるようになっていた。就職試験にだって「落ちるのではないか」と考えていた。そう考えた真名子は、「貴ちゃんのためになにかを考えてやらなければいけないのではないか？」と思っていたりもしたのである――よく考えればすべては曖昧なことである。

真名子と貴子の仲は悪くない。相手を思いやる心もある。しかし、この二人の間に

「相手への愛情」というものはない。ないのは非情だからではなく、この二人が「愛情」というものを経験したことがなくて、「愛情」というものがよく分からないからである。

物事を見るに際して冷徹な金坪真名子は、テレビのお笑い番組を見る内に、貴子のありようが「ボケ」と言われるものに該当する存在だと気づいた。自分は当然、それに対する「ツッコミ」である。我が身のありようを心得た金坪真名子は、ボケの貴子をどんどん鍛えてやれば、一人前のお笑いタレントになれるのではないかと錯覚したのである。

もちろんそれは、貴子への愛情からではない。真名子に「この子はボケだ」と断定された貴子は、それを言うならその以前からずーっとボケで、真名子が発見したのは、実は、貴子を調教しうる、自身のツッコミの才能だったのである。

「私にはそれが出来るんじゃないか？」と思った真名子は、失意の貴子のために、「貴ちゃん、お笑いやらないか？」と言ったのである。真名子の頭の中で、それは「貴ちゃんのため」なのだが、正しくは、「私が発見した私自身の新しい才能のため」なのである。

「愛情がない」というのはこういうことなのだが、それでもなんの問題も起きないでいるのは、貴子の方にもまた「私は愛情に飢えている」というような自覚がなかったからである。

貴子は、「短大を卒業して事務系のOLになる」という希望を持っていた。「希望」と言われればなんでも「希望」だが、しかし、安井貴子の思うそれは、日本人が欲望を全開にしたバブル時代を経過した後では、あまりに倹しいものだった。

もちろん、それだからと言って、貴子が「倹しい欲のない女」だったというわけではない。貴子の頭の中にあるのは、「事務系のOLでいい」というようなものだったからである。

貴子が考えていたことは、「会社に行けば若い男がいくらでもいるはずだから、その事務系OLでいい」ということで、彼女は仕事のことなんか、なにも考えていなかったのである。

不埒《ふらち》な貴子は、そもそも「事務系OL」というものがどんな仕事をするのかを、知らなかった。「事務系OL」というものがどういう仕事をするのかは、作者の私もよく知らないのだが、「事務系OL」を志望する女達の中にかなりの比率で存在する「それってなにするの?」と思う女達と同様で、安井貴子も自分の希望する職業がどのようなことを要求するのかを、理解していなかったのである。

貴子が理解するのは、それが当たり前に誰もが口にするような職種であることと、「大体みんながそうなんだから、自分だって大丈夫だろう」というそれだけのことだった。

高望みをせず、誰にも出来るようなことを希望しておけば、若い男がいるところへ行ける——「そう思うとふっふっふっ」というのが、安井貴子の頭の中だった。

しかし、現実はそう甘くない。彼女は三社の面接を受けて、そのすべてにはねられた。その結果を受けて、彼女は「やっぱりだめか」と思った。「やっぱり」が付くのだから、彼女はその初めから「オノレ」を知っていたのである。

安井貴子にとって「考える」ということは、妄想の藪《やぶ》の中へ足を踏み入れることなのである。そして時々、その妄想の藪の中から「現実」という名の蛇が出て来る。しばらくは、貴子にとって、それがなんなのか分からない。だから、それをつまみ上げて、「蛇だ」と言って投げ捨てる——それだけのことである。つまり彼女は、現実に傷つかない。「蛇だ」と言ってそれを投げ捨てる彼女は、似たようなことが三度も続くと、ただ「やるべきことはやりつくした」と思って、疲れてしまうだけなのである。

「やっぱりだめか」で、オノレの運命を受け入れてしまった彼女は、「じゃ、どうするかな?」と考えた。考えただけで、格別のことは思いつかなかった。貴子には、「自分で自分の道を切り開く」という発想がないので、自分のことを考える代わりに、真名子のことを考えた。

短大に行っている自分は二年で終わりだが、男子学生のいる四年制大学にいる真名子は、まだ後二年間も、なにも考えなくていいのである。それで安井貴子は、「だったらそれでいいじゃん」と考えたのである。

なにが「それでいい」のかと言うと、「別に、なにも考えなくてもいいじゃん」である。「私が先に就職をして、美しいＯＬになって幸福になったら、真名ちゃんが可哀想だし」と、安井貴子は考えたのである。それから二十年近く後になって「女芸人ブーム」が起こった時、彼女が「ブームの女芸人の一人」としてカウントされるようになるのは、この無手勝流《むてかつ》のなにも考えなさゆえである。

日本の知性は、そのような生き残り策があるなどとは考えなかった。しかし彼女は、なにも考えず、傷つくこともなく、ただあるがままにオノレの生き方を貫くという、とんでもない能力をその身中に宿していたのである。

貴子は、面接の成果を聞く真名子に、「やっぱり」抜きで「だめだった」と言った。貴子は「自我」というようなめんどくさいものを持ち合わせない。だから、傷つかない。「失意」とか「傷心」というものとは無縁なのだが、「貴ちゃんは、普通の社会に適合出来ないのではないか」と思っていた真名子は、そうは考えなかった。「貴ちゃんのためになにかを考えてやらなければいけないのではないか？」と、前述のように考えた。もちろん、貴子のことをよく知る真名子である。まともに考えれば、「安井貴子がなにかに傷つく」などということがありえないとは分かっているのだが、その時金坪真名子は、「貴ちゃんをボケとして調教出来るのではないか?」と考えてしまっていたのである。

もちろん、金坪真名子には「自《みずか》ら進んでお笑い芸人に身を落とす」などという発想はなかった。金坪真名子は、知的で上昇志向の強い女だったのである。上昇志向が強くて、それでも「いやな女」にならなかったのは、彼女が「我が身一人の幸い」を考えるエゴイストではなくて、その身に備わった上昇志向能力を「貴ちゃんのために――」という形で、他人のために用いたからである。

なんだか知らないけど、「美しい人生小説」のような展開になってしまった。

六　さまざまな試練

ここで、ただ「貴ちゃんはどうかしている」としか思っていなかった金坪真名子が、どのようにして「貴ちゃんのため」という方向に考え方をシフトさせたのかを述べておかなければならない。

たとえ金坪真名子が、「私には貴ちゃんを調教して行く能力がある」と気づいた結果であるにしろ、安井貴子に「お笑いをやらないか?」と持ちかけたのは、金坪真名子が「彼女と共に生きよう」という決断を、一時的であるにせよ、してしまった結果なのである。

それ以前の金坪真名子は、同郷の幼なじみに対して、そこまでの譲歩をしようという気がなかった。「しっかりしている」と思われる真名子の後を、意思薄弱で優柔不断ななにも考えない安井貴子が、勝手について来ただけのことなのである。

だから、上京して同じアパートに入ってはいても、真名子と貴子の部屋は、隣同士ではなかった。間に部屋が二つもあった。真名子と一緒に部屋探しをしていた貴子が、真名子の決めた部屋の三つ隣に空部屋があるのを見て、「私もここでいいや」と言った結果なのである。「ここでいいや、これでいいや」という種類の貴子の発言は、倹しい譲歩を意味しない。譲歩の形を取った図々しさの表現なのである。

「私もここでいいや」と言った貴子に対して、真名子は、ただ「そうすんの？」としか言わなかった。その時にもそれ以前にも、「東京に行ったら一緒にいようね」の類《たぐい》の言葉は、真名子の口から出てこなかった。安井貴子が「ここでいい」と言い、「そうすんのか」と真名子が思って、その後でやっと、「貴ちゃんと一緒にいれば少しは安心か」と思いついたが、なにに備えるための「安心」なのかという答はなかった。

貴子と真名子の間に「離れがたい絆」などというものはなかった。ただ「離れる必然」がなかっただけである。

人は多く、加算法で人生を考える。「かくかくしかじかのことがあったから、起こったから、こうなった」という考え方である。「なにかが起こる」という外的状況の変化の積み重ねが、人生を作るという考え方である。

「〝状況の変化を待つ〟などという受動的な考え方はせずに、自分から状況を変えるように働きかける」という考え方もまた、加算法による人生である。そのように、多くの人達は自分の人生に「なにかが起こる」と考えているのだが、そうでありながら一方、「なにも起こらない人生」を抱えている人々だって、数多くいるのである。

人生に試練はつきものではあるが、その試練の最大のものは、「なにかが起こるはず」と思っていて、しかしその実「なにも起こらない」という状態が、あまりに長時間続くことなのである。

安井貴子にとっての試練は、「男との出会いがない」というものである。ただ「男」で、「いい男との出会い」を望まないところがいかにも貴子なのだが、この試練はかなりのものである。試練自体は、「男との出会いがない」という単一のものだが、東京に出て来た安井貴子は、寿命の切れかかった蛍光灯のように、数分に一度か、ひどい時には数秒に一度、「男との出会いがないな」と思ってしまうのである。

これが一年も続けば、相当にヘヴィな「長期の試練」になってしまう。「なにかが起こるはずと思いながら、それがあまりにも長期に亘《わた》って実現しない」という試練は、実のところ、「もしかしたらお前は、なにかを考え違いしているのではないか？」ということを問う試練なのである。

貴子はこの試練に、耐えるつもりもないまま耐えてしまった。その結果、彼女の頭の中には、「私はなにかの考え違いをしているのかもしれない」という理性の回路も生まれたのだが、「じゃどう考えればいいのか？」ということになるとさっぱり分からない。分からなくても一向に困らない無手勝流の安井貴子は、この試練によって「ちっとやそっとのことでは傷つかない女」になり、たとえ失望が訪れたとしても、それをまず「やっぱり――」という形で予定調和的に受け入れられるような体質になってしまったのである。

安井貴子には、いいことがなにもない。しかしまた、困ることもなにもない。これこそが無手勝流の王道である。王道はいいけれども、安井貴子は枯れきった老婆ではなく、たかだか二十歳になったばかりの娘だった。それで安井貴子は時々首をひねった――「どうして私の顔は老け顔なんだろうか？」と。金坪真名子と違って「男にもてたい」という目的を持つ安井貴子は、部分的にではあっても、オノレの欠点を自覚する能力があった。

安井貴子にとって、その試練は「男との出会いがない」というものだったが、金坪真名子にとっては、「種々さまざまにいろいろなことがない」という試練だった。あまりにもいろいろなことが「起こらない」ままであるので、真名子はまさか自分がそのような試練の中にいるのかもしれないとは思えずにいた。だからこそ真名子は、「どうして男子学生と女子学生は無意味に一緒にいるのだろうか？　そのように見えてしまうのは私の幻覚なのだろうか？」などというややこしい考え方をしなければならなかったのである。

こういう話ばかりを続けると読者にあきられてしまうので、さっさと結論付けてしまうが、金坪真名子にあまりにもさまざまなことが起こらなかったのは、彼女の中に「私はなにかを期待している」という自覚がなかったからなのである。

彼女は、「私は〝男にもてたい〟とは思っとらんもん」と貴子に言ったが、それは真実のことだった。金坪真名子は、自分では意識していなかったが、「私には、私を幸福にしてくれるはずの人が最終的に現れるはずだろうから、すべてはそれでＯＫ」と思い込んでいたのである。それは、「いつか王子様が――」という考え方に似ているが、金坪真名子は自分の力を信じていたので、「王子様だかなんだか分からないものが現れるのは〝最終的〟というところでいい」と思っていた。つまりは、「王子様は結局現れるんだろうから、別に今現れてくれなくてもいい」という考え方である。「期待はしているんだろうけれども、別にそれはどうでもいい」という考え方だから、彼女の中に「私はなにかを期待している」という自覚が生まれないのである。

ただ自分を恃《たの》んで他になにも期待しない彼女には、なにも訪れない。「これならなんとかなるか？」と思って接近して来た同じ学科の山科も、真名子がなんの反応も示さないので、なんともなかった。真名子が道を歩いていて寄って来るのは、「宗教に関心がありますか？」とか「あなたの幸福を祈らせて下さい」というネズミのような男女ばかりで、「自分の幸福を見ず知らずの他人に祈ってもらう理由はない」と思う真名子は、これを「いいです」と言って斥《しりぞ》けるが、「宗教に関心がありますか？」と問われると、律義に「私は宗教に関心があるのだろうか？」と、路上で考え込んでしまう。結局、そんな関心はないから新興宗教の勧誘には引っかからないが、他になにも期待しない彼女は、そもそもなにを他に期待すればよいのかが分からないのだ。

なにも期待せず、他になにを期待すればよいのかが分からない金坪真名子には、なにも起こらない。だから「おもしろい」と思われることがなにもない。オノレを信じ、オノレの進む道の正しさを信じて生きて来た真名子には、「なにかおもしろいことはないか？」などと考えてうろたえるさもしさがない。それはそれで結構なことなのだが、おもしろいことがなにもないと、やはりつまらないのである。さすがの金坪真名子も、そのことにやんわりと気がついた。

自分のありようは、「その以前」と変わっていない。変わったのは、健気にも自炊をしていることくらいだ。時々、食事の仕度がめんどくさくなった安井貴子が、真名子の部屋に現れるが、それさえも「十分に予期されていたこと」なので、なにかが変わったとも思われない。微妙に変わったのは、大学に入ってから、あまり勉強をしたいと思わなくなったことだった。

だからと言って、真名子はそれを「いけないこと」だとは思わない。「大学に来てまで勉強しなきゃいけない理由ってないじゃない」と、彼女の心の声は明白に言っていたりもする。しかし、大学に来て勉強をしないのならなにをするのかということになると、真名子には皆目見当がつかない――「なにをするんだ?」と思って、するべきことがなにもないのである。

ただ「なんとなく生きる」という時間が続いて、さすがの真名子も「これはおかしい」と思い始めた。

たとえて言えば、「男との出会い」を求めて一向にかすらない貴子は、「クラゲで一杯の海に入って一向にクラゲに刺されない」というようなものである。真名子の場合は、貴子と同じ海に入って、そこでクラゲの姿を一匹も見つけられないというようなものである。いいんだか悪いんだか分からない。クラゲに刺されない貴子は、「クラゲを見た、クラゲを見た」と騒いでいるが、それを言われる真名子は、現物のクラゲを見たことがないのである。そんなことを考える彼女の胸に、魔女の呪いのようなフレーズが、ふっと浮かび上がる。それは前後の脈絡なく浮上して、真名子の胸に囁《ささや》く――「貴ちゃんは、私と同じように不美人なんだから」と。

それは、分不相応な貴子の増上慢《ぞうじょうまん》を戒めるために登場したモノローグで、「不美人」はもっぱら貴子にかかり、真名子自身にはかからない――そのように思ってはいたのだが、うっかりするとその言葉は、真名子の胸をチクリと刺す。「そのつもりもなかったけれど、私は不美人なんだろうか？」と、なにもないまま二十歳の境を越えた金坪真名子は考えた。

「もしかしたら、私は不美人なのかもしれない」とは思うのだが、金坪真名子には、自分で自分に向けてみた「不美人」という言葉がどういうことを意味するのかが、よく分からない。安井貴子が不美人であることははっきり分かるのだが、「不美人とはどういうことなのか？」ということが、自分に向けられると急に分からなくなるのだ。「不美人」とは、「ブス」とか「不細工」の同義語だと思われるのだが、それだけが分かって、真名子にはそれ以上のことが分からない。

中学の時、真名子は一度だけ「うっせェな、ブス！」と言われたことがある。言われて「失礼ね！」とは言ったが、別に傷つかなかった。「ブス」というのは、男子が女子を貶《おとし》めたい時に使う侮蔑《ぶべつ》表現だと理解し、「不美人」のことを指すものだとは思わなかった。小学校の時に、明らかに「可愛い」と思われる女の子を、男子達が「ブス！　ブス」と言っていることがあって、義侠心にあつい真名子は、「やめなさいよ！」とかばったことがあるのだ。

自分に突き刺さらない「ブス」は、どれほどのことでもない。自分に向けられても、それは総体として「失礼ね！」ですむことだから、どれほどのことでもない。真名子はそう思っているから、実のところ「ブス」とか「不美人」とか「不細工」ということが、よく分からないのだ。

大学に入って、急に顔形がいびつになったわけではない。「昔から私はこの顔だし、この顔がどうして不美人なのかはよく分からない」と、鏡に映る自分の顔を見て思う。「自分は美人だ」などと思うつもりはないのだが、「自分が不美人である」ということがよく分からない。「私は、ずっとこの顔だしな」としか思えない。

「不美人」という言葉には、やはり魔女の呪いのようなものが入り込んでいるのかもしれない。どうしてかと言うと、うっかり「私って不美人なのかな？」と思って鏡を覗き込んだりすると、そのつもりはなくとも、いつの間にか「私は不美人である」という前提に立って、自分の顔を見てしまうからである――「そう言えば、ここがちょっとおかしいかな？」とか、「ここもちょっと、問題なのかな？」などと。

クラゲがまったく存在しない海に入ったような気がする金坪真名子は、「もしかしたら、私は不美人であるがために、いかなることからも遠ざけられているのであろうか？（まさか——）」と考えてしまったのである。

その答は、二十歳の真名子には出なかった。二十歳の金坪真名子は、「いかなる者を不美人とするのか」ということをジャッジするモノサシを持たなかったので、自分が「不美人」に該当するかどうかが分からなかったのである。

金坪真名子の知る「不美人」のサンプルは、同郷の幼なじみの安井貴子ただ一人で、「貴ちゃんには困ったところがあるけれど、でも性格は悪くはないからな」と真名子は思っていた——つまり、「不美人のなにがいけないんだ？」というのが結論となって、甲斐のない一人問答は、グルグル回りで終わるのである。

七　無限の彼方《ビヨンド・ザ・インフィニティ》

真名子は、自分のことを「不美人だ」とは思わなかった。それは「断固として拒否する」という形ではなく、「不美人なら不美人でもいいんだけど、どういうのが不美人か、よく分からないからなァ」という、処分保留の形に近かった。年若い真名子は、まだ「真面目な優等生」から脱皮していなかったので、「物事は総論で決めるものではなく、具体的な一々によって決められるものである」という、大人の認識方法を理解していなかったのである。

「いかなる者を不美人とするのかが分からない」ということを保留の拠《よ》り所《どころ》とした真名子は、やがてもっと分かりやすくもっと具体的な理解を得る。それは、「人の不美人か否かは、自分ではなく、他人が決める」という法則性の発見である。

「私が不美人かどうかは分からないが、私には貴ちゃんが不美人だということが分かる」と思う真名子は、「不美人かどうかは自分が決めることではなくて、他人が決めることだ」と理解した。もちろんだからと言って、金坪真名子は、「私が不美人かどうかを貴ちゃんに決めてもらおう」などとは思わなかった。思わなかった理由は、「あの子の判断力はあてにならないからな」である。

金坪真名子が知りたいのは、「自分が不美人か否か」なのではない。「世界をジャッジする大いなる法則の発見」――これなのである。

「不美人かどうかは自分が決めるのではなく、他人が決めることなのだ」と気づいた金坪真名子は、「世界の物事は、私がそのありようを決めるのではなく、時として他人が決めるのだ」ということにも気がついた。

「だから私は、時々歯がゆい思いをするのだ。人から首をかしげられたりして、言いようのない屈辱を味わったりするのだ」と、真名子は思った。真名子以外の人間にしてみれば、「なに当たり前のことを言ってるんだ」と思うようなことだが、「この世のすべては私が冷静にジャッジする。それが生きて行くということなのだ」と思っていた金坪真名子にしてみれば、コペルニクス以来の地動説的転回なのである——真名子の入る海にクラゲが一匹もいないはずである。

真名子が発見したのは、「私と他人との間には認識のずれがある」だった。「私はずれている」ではない。真名子は、「私はずれている」とは思わず、「私と他人との間には認識のずれがある」とだけ思った。これをお笑いの専門用語では「天然ボケ」と言うのだが、ただテレビのお笑い番組を見るだけだったまだシロートの金坪真名子はこのことに気づかず、「貴ちゃんはボケだから、私はツッコミ」などという安易な理解をしたのである。天然ボケの頭の構造を理解するのは、このように手間のかかることなのである。

さて、「自分と他人との間には認識のずれがある」と気づいた金坪真名子は、当然のことながら「これは困った」とは思わず、「これはなにかに使える」と思った。なにに使えるのかは分からないが、その公理のようなものを発見した真名子は、ワクワクしたのである。「自分がこのように興奮をしている以上、これはなにかの役に立つ」と思ったのである。「妄想は発明の母」である。

なにか重大な発見をしたと思い、「これはなにかに使えるのではないか?」と思いもしながら、しかし真名子は、その発見の使い道になかなか気づかなかった。就職の面接に失敗した貴子に「だめだった」と言われても、その「世紀の発見」は、「ここに使える！」などとは叫ばなかった。ありていに言えば、金坪真名子は、安井貴子のことなど、どうでもよかったのである。その真名子が「貴ちゃんのことを少し考えてやった方がいいんじゃないだろうか？」と思ったのは、「がんばんなよ」とおざなりな言葉を投げて三カ月も四カ月もたった後の、冬の初めだった。

早々に電気ゴタツを引っ張り出した貴子は、青黒の絣模様風の綿入れ半纏の背中を丸めて、テレビを見ていた。

「貴ちゃん」と言ってやって来た真名子は、手にコンビニの肉マンとピザマンの入った袋を持っていた。

「食わん？」と、愛情はないが思いやりだけはある真名子は言って、貴子は「ありがと」と言った。

本当のところ、真名子は肉マンを一個だけ食べたかったのである。しかし、夜のコンビニで肉マンを一個だけ買うと、なんとなく「寂しい女」に思われてしまうような気がして、「肉マンを二つ」と言ったのである。「きっと貴ちゃんも食うな」と思って、「貴ちゃんならもっと食うな」と思って、「それからピザマンも二つ」と言ったのである。

そして、「かなりの出費にはなるが、私はやさしい女だな」と思ったのである。真名子は、それ以前に新製品のピザマンを食ったことがなかったので、「いっそこの機会に」と思ったのである。堅実な生き方を旨とする真名子にとって、「新しいものに手を出す」というのは勇気がいることで、そのためには「特別な口実」も必要だったのである。

「ピザマンは、ちょっと食べてみたい。でも、思ったほどおいしくなかったら困るから、ちょっとだけ食べて、食べたくなかったら貴ちゃんに食わせればいいや」と、思ったのである。堅実な真名子は、新しいことにチャレンジするに際しては、そのように慎重でくどいのである。

しかし、濡れ湿って熱を発しているコンビニの紙袋を破ってピザマンを発見した時の貴子の反応は冷たかった。「ピザマンかァ。これ、今イチなんだよな」と言ったのである。

真名子は、二重の意味で傷ついた。一つは、自分に先んじて既に貴子がピザマンを食べていて、その結果を自分に報告もせず、黙っていたことである。二つ目は、せっかく肉マンを買って来てやったのに、その礼の言葉が「ありがと」だけで、続く言葉が「ピザマンかァ」だったことである。「あんたに味のことでとやかく言われたくないな」と、ついでに思った。やっぱり真名子は、くどいのである。しかも貴子は、「これ、今イチなんだよな」と言っておいて、そのピザマンの方にまず手を出していたのである。やっぱり、貴ちゃんはどうかしている。

貴子が見ていたのは、例によっての歌番組で、そこに出ていたのが若いのか若くないのかよく分からない女の新人演歌歌手だったおかげで、安井貴子は「あふっ」と言いながら、ピザマンにかぶりつけていたのである。更にはあまつさえ、肉マンとピザマンを買って来た真名子に向かって、「お茶は？」とさえ言ったのである。

真名子は簡潔に「ないよ」と言った。安井貴子はただ「ふーん」とうなずいて、「じゃ、お茶淹《い》れるね」とは言わなかった。代わりに真名子に向かって、「お茶淹れるんなら使っていいよ」と、テレビの画面を見ながら言った。つまりは真名子に、「お茶淹れてよ」と言ったのである。

そういう状態に陥った時、貴子が自分からはなにもしない女だということを知っている真名子は、黙って立って、ヤカンに水を入れた。貴子の部屋には、必需品であるはずの「ジャー」というものがないのである。「なんでないの？」と言ったら「なんでいるの？」という答が返って来たのは、既に一年以上前のことだから、今更なにを言うでもない。「ヤカン」という名のポットに水を入れ、ガス台に載せて火を点けて、真名子は聞くともなしに、貴子に「就職どうしたの？」と尋ねた。

貴子の答は、既に三カ月前から不動のものになっていた「疲れちゃった」だった。

「就職決まってないの?」と真名子が言うと、貴子はいきなり「やめちゃおうかな」と言った。後のあり方からすれば、貴子は決して怠け者ではないのである。ただ「めんどくさいこと」が続くと思考中枢が痺《しび》れて、どうしたらいいのか分からなくなってしまうのである。分からなくなった後は、「誰かがなんとかしてくれるんじゃないか」という根拠のない未来予測が生まれてしまうので、安井貴子は「外界を拒絶した女」にはならなくてすんでいるのである。

「やめてどうすんのよ?」と真名子が言うと、ピザマンを食べつくした安井貴子は肉マンに手を伸ばし、「まだいいじゃん、先のことだし」と言った。

卒業して「短大生」でなくなってしまうのは、年が明けた三月のことだから、「まだ先」なのである。しかも目の前には肉マンがある。とりあえず「肉マンを食う」というなすべきことがある以上、「先のことは先のこと」なのである。

その貴子の様子を見ていて、真名子は突然閃《ひらめ》いた。自分にだって、大学生活は退屈なのである。卒業はまだ先のことだし、ここら辺でなにか一発仕掛けてもいいのではないかという野心が、堅実なくせに「天然ボケ」である真名子の内部ではじけたのである。

目の前にはテレビがある。歌番組をやってはいるが、そこにはもう昔日の輝きがない。もうチェッカーズもいないし——(なんでここに「チェッカーズ」なるグループ名が登場するのかというと、金坪真名子がそのように思ったからである。作者の関知するところではない)。

　中学生だった頃、一度だけ真名子は「テレビに出たい」と思ったことがある。『夕やけニャンニャン』というテレビ番組が始まって、そこに「おニャン子クラブ」という娘達の集団が登場したからである。どういうわけか、中学生だった金坪真名子は、「あんなんだったら、私でも出れる」と思った。思うだけで、深く考えなかった。「そういうことは、真面目な中学生の女子が考えることではない」と思ったからだった。

　その一時の記憶が、束の間《つかのま》、真名子の脳裏に鮮烈に甦《よみがえ》った。甦ってもかまわない。金坪真名子はもう、「生きるべき道を生きる」と考えなければならない中学生ではなかったのだ。

　その時の真名子には、「お笑いの時代が来る」などという予感はなかった。ただ、中学生の時と同じように、テレビに出て来るヘタクソなお笑いコンビのことを思い出して、「あんなんだったら、私にも出来る」と思ったのだった。

　真名子の目の前――光を放つテレビと真名子との間には、呆《ほう》けたような顔で肉マンをかじっている安井貴子がいた。貴子を見る真名子の頭の中は、「素質のある猿を見つけた猿回し」のそれと同じだったが、安井貴子は素質のある猿ではなく、金坪真名子もまた「優秀な猿回し」ではなかったのだ。

　しかし、それがなんだろう。その時、時代はひそかに「誰も考えていなかった方向」

――つまり「無限の彼方」へと進もうとしていたのである。

「なァ、貴ちゃん、お笑いやらん？」と、真名子は言った。言うつもりもなく、口が勝手に動いていた。

貴子はゆっくりと振り返り、気の抜けた調子で、「なんでェ？」と言った。

貴子が尋ねたのは、「あなたはどうして唐突にも〝お笑いをやらないか？〟などと言うのですか？」ということであるはずだった。しかし真名子の答は、これに答えてはいなかった。真名子はただ貴子に、「テレビに出れるよ」と言ったのである。

真名子は、「猿を調教するためにまず必要なものは餌だ」と、本能的に心得ていたのである。

案の定、貴子はそれ以前に見せたことのないような弛緩《しかん》した表情を見せて、「テレビかァ……」と言った。その下がり気味の口の端からは、今にもヨダレが垂れそうだった。

既にスポットライトを浴び、スパンコールの付いた水色のドレスを着た気になっている安井貴子は、夢見心地で、「私に出来るかなァ」と言った。

その表情を見た真名子は、即座に「出来ない」と思った。ついでに、ガス台の上のヤカンも、カタカタと蓋《ふた》を鳴らした。

貴子は相変わらず脱力感の海をさまよっている。珍しくそこにはクラゲが一匹もいない。真名子の理性は立って、ガス台の火を止めた。そして、貴子に背を向けた真名子は、瞬間、鬼のような形相を見せた。

偏平で普段から表情の乏しい真名子の顔は、ちょっと息むだけで眼力が入り、鬼のような形相になってしまうこともあるのだが、そうなった真名子は、声には出さずに、「あんたに出来るわけないじゃないよ！」と毒づいた。「私がついてなきゃ、あんたなんかなんにも出来ないんだからさ！」と、胸の中で罵《ののし》った。すべてはここから始まる。「貴ちゃんのためになにかを考えてやらなければいけないのではないか？」というのは、この鬼の形相をやわらげて、真名子自身がおだやかに生きて行くための「後付け」だったのである。

ガス台の火を止めただけの真名子は、鬼の形相の片鱗《へんりん》を残して、貴子に向かい合った。もう肉マンもピザマンもどうでもよかった。

真名子は改めて貴子に、「やる？」と言った。その言い方には、「ここでなんとしてもハンコを押させなければならない」と思うセールスマンの気迫がこもっていた。

コタツの中の貴子は、目の前に立っている真名子を見上げて、「出来るかなァ？」と言った。弛緩半分、緊張半分の表情で、口は半開きだが、ヨダレが垂れそうではなかった。

「貴ちゃんなら、やれるよ」と、金坪真名子は言った。言う前にわずかながらもためらいを感じ、言った後でも一抹《いちまつ》の不安を感じた。それは、貴子の資質に関することではなくて、ボケの貴子を引っ張って行かなければならない自身の責任を思ってのことだった。

「やれるかな?」と貴子は言った。その表情は、明らかに嬉しそうだった。それは、「原宿で偽のタレントスカウトに引っかかった、絶対にアイドルになれそうもない少女の見せる笑顔」とそっくりだった。

「出来るよ、あんたはボケだもん」とは、さすがの金坪真名子も言わなかった。「まず、なすべきことはなにか?」と考えて、コタツに足を突っ込んだ。

まずなすべきは、目の前にある肉マンを食うことだった。そのそもそもの始まりは、「肉マンが食いたい」でしかなかったのだから。

肉マンの表面は、皮が突っ張りかけていた。それを手にした金坪真名子は、「お茶淹れてよ、あんたの部屋でしょう」と、偽のタレントスカウトに引っかかったガマゴオリ出身の少女に言った。

「あんたの部屋でしょ」と言われて、ちょっと「少女」とは言いにくい外貌を備えた老け顔の二十歳の女は、「あ、そうか」と言って立った。

まずなすべきことは、自身のなすべきことにどのような自覚も持たない少女――あるいは女に、その自覚を持たせることだった。

安井貴子は、ティーバッグの紅茶を淹れ始めた。金坪真名子は、固くなり始めた肉マンの皮にさわり、少しでも柔らかくなるように、表面をあちこちと揉《も》んでいた。

貴子が、いかにも貴子好みであるらしい花模様のティーカップに淹れた紅茶をコタツの上に置くと、それを一口すすり、金坪真名子は、ちぎった肉マンの一切れを口に入れた。それをモグモグと咀嚼《そしゃく》をしてから、おもむろに言った。

「あんたは、ボケね」

真剣なのか無表情なのかよく分からない顔をした安井貴子は、「真名ちゃんは？」と言った。「お茶淹れてよ」と言われて、言われたから真名子の分だけ紅茶を淹れた貴子は、自分の分の紅茶を淹れることなく、コタツの中に体を突っ込んでいた。

そんな貴子を「また舞い上がってるな」と思いながら、「私はツッコミ」と、真名子は言った。

「そんで、私はなにすんの？」と、話を聞いているのだかいないのだかよく分からない安井貴子は、真剣な表情で尋ねた。

肉マンをもう一口ちぎった真名子は、再び余裕の表情でモグモグと咀嚼をし、事態を理解しているのかしていないのかよく分からない貴子に向かって言った。

「私がネタを書くから、コントをやるの」

貴子は、「あ、そうか」と言った。「やる」の主体が貴子であるよりも真名子であることを理解した貴子の、それは安堵《あんど》の声でもあった。

「あんたがボケだから、私があんたにツッコムの」と、金坪真名子は念を押した。そして、怪訝《けげん》そうな表情をしている安井貴子に、「いつもやってる通りにすればいいんだから、大丈夫なんだよ」と言った。

貴子の答は、またしても「あ、そうか」だった。真名子はめんどくさくなったので、肉マンを食べ続けた。どういうわけか、味がロクに分からなかった。

八　「化け物《モンスター》の宮殿《パレス》」ではなくて

そういうわけで、「モンスーンパレス」というお笑いコンビは、そこで結成されたのだった。「モンスーンパレス」というのは、真名子が小学生の時に見たジェームズ・ボンドシリーズの第十三作『オクトパシー』に出て来た、美しい女盗賊団の本拠となる宮殿の名前である——もしかしたら、微妙なところで違っているのかもしれないが、金坪真名子は、美しいサリーを着た女達の集団がインドの美しい宮殿に住んで盗賊団になっているのを、「カッコいい」と思い込んでいたから、これでいいのである。

「モンスーンパレス」と決まる前、安井貴子は、自分達のグループ名を「乙女組」にしたらどうかと言った。

真名子は即座に「だめ」と言った。貴子が「どうして？」と言うので、簡潔に「ダサい」と言った。「テレビに出る」ということを、どうしても「アイドルになる」に重ねてしまう貴子は、「じゃ、少女隊は？」と言った。またしても真名子は簡潔に、「それはあった」と言った。そういう女性アイドルグループが存在していたことを忘れていた安井貴子は、「あったっけ？」と言った。

どうしようもなくダサい名前しか考えつかない貴子に向かって、「ちょっと貴ちゃん、黙っててよ」と言って、オノレの知識のデータベースである「過去」へと遡《さかのぼ》って行った。そして、「モンスーンパレスがいい」と思って、「なにそれ？　化け物《モンスター》の宮殿《パレス》？」と言う貴子に向かって、「モンスーンパレス」のなんたるかを説明した。

思ってもみなかったことだが、「季節風《モンスーン》の宮殿」は、「化け物の宮殿」と聞き違えられることもあるのだ。「世間はそのように勘違いをするだろうが、私達は違う」という確信を持った金坪真名子は、「これはお笑いのコンビ名としてはベストかもしれない」と考えた。「私と他の人間達との間には認識のズレがある」と発見した金坪真名子にとって、これは重要な公理の最初の適用例だった。

コンビ名が決まったのは、安井貴子が何度もヴァリエーションを変えて「やれるかな」と言った、一週間後のことだった。

コンビ名は決まっても、まだネタの台本など出来てはいない。だから当然、どのような稽古も行われていない。だから二人は気がつかなかった。「デビュー」ということになった後でも、一年近くは気づかなかった。それは、真名子にも貴子にも「演技力」というものが、まったくなかったことである。

貴子にその能力がないのかもしれないということは、わりと早々に気づかれた。「貴ちゃん、だめだよ」と、相方の真名子がしつこくダメ出しをしていたからである。しかし、そのダメ出しをする真名子もおんなじようなものなのだということは、なかなかに気づかれなかった。「貴ちゃんはボケ」と言った真名子は正しかったが、しかしそれを言った真名子も、実は別種の「天然ボケ」で、お笑いコンビを結成した二人は「自分達のあるがまま」以外のことは、なにも出来ない女達だったのである。

その衝撃の事実が、やがて生まれる「女芸人ブーム」の伏線になるなどとは知らず、モンスーンパレスの金坪真名子と安井貴子は、小さな電気ゴタツに足を突っ込んで、あれこれと妄想を逞《たくま》しくして、そのたんびに「貴ちゃん、それは違うよォ」というツッコミを一方的に入れて入れられていた。「真名ちゃん、それ違わない？」と貴子が言っても、真名子は「違わないよ」と断定してしまうので、所詮は「一方的」なのである。

アメリカのニュウオルリィンズというところには「欲望《デザイア》」と名付けられた路面電車があったのだという。電車だから、その「欲望」はどこかへ向かって進んで行く。しかし、車輪のついていない電気ゴタツは、どこへも進んでは行かない。「欲望」をはらんだ電気ゴタツは、そのまま虚空をさまよい続けるという状態に近づいてしまうのであるが、そうして時は流れて行くのである。

第二話
セックスレス・アンド・ザ・シティ

一　シンデレラのための略式地図

続いての話である。金坪真名子と安井貴子の二人は、芸能事務所の堀端《ほりばた》企画が定期的に行っている「オーディション」という名の求人募集に引っ掛かった。その席に居合わせた社長の堀端任三郎《にんざぶろう》が、「おもしろいじゃないか」と言ったからである。

金坪真名子と安井貴子のモンスーンパレスの二人が、なんでまた堀端企画のオーディションなどに出掛けて行ったのかというと、その頃にはまだ存在していた、本屋で売っていた情報誌の端っこに、その告知を兼ねた堀端企画の広告が載っかっていたからである。もちろんそれを発見したのは、金坪真名子である。相方の安井貴子は、死んでもそういう「新しい発見」をしない。道に這い出た蛇をつまみ上げた後に「蛇だ」と言って放り投げるように、安井貴子の発見は、すべてが「旧知」になってからでしか起こらないのである。

そんな貴子のことは放っておいて、漫然と情報誌を広げて、眺めているんだかいないんだか分からないような顔をして電気ゴタツに足を突っ込んでいた金坪真名子は、目を輝かせ、声を緊張でうわずらせて、「貴ちゃん——」と言った。

真名子に「お笑いやらん？」と言われ、さまざまなトーンで「やれるかな？」と、自身に問うのか他人に問うのかよく分からないようなつぶやきを繰り返し、その末に詐欺商法の契約書にハンコを押したような状態になっていた安井貴子は、それ以来、空しい就職活動などという悪あがきは一切やめ、二つ部屋を挟んだ隣にある金坪真名子の部屋に入り浸り状態になっていたのである。

春は名のみの風の寒さやで、都会には谷の鶯《うぐいす》の声も聞こえず、春は花柄のコタツ布団の上にしかプリントされていないので、相変わらずモンスーンパレスの二人は、コタツ布団の中に足を突っ込んでいた。

「貴ちゃん——」という、考えようによっては不気味な猫撫で声にも聞こえる呼び掛けに振り向いた安井貴子に対して、金坪真名子は「これ、見ィ」と、情報誌のページを広げて見せた。もちろんそれは、件《くだん》の堀端企画の広告が載っているページなのであるが、見せられた安井貴子は案の定で、「なに？」と言った。示されたページのどこを見ればいいのかが分からなかったのである。

そんなことで今更うろたえることもない金坪真名子は、黙って堀端企画の広告を、「ここ!」と言うような調子で指さした。貴子の言ったことは、「なに?」に「これ」の一語が加わった「なに、これ?」でしかなかった。

描写が緻密《ちみつ》なのはいいが、この調子で緻密な描写を続けていると、この作はとんでもない大河小説になってしまう。ここからこの小説の「現在時」へ至るまでには、十九年の時間がかかるからである。しかし、ここでは安井貴子の性格描写が重要になって来るので、情報誌のページの端っこに視線を向けさせられた安井貴子が、なぜ、「なに、これ?」と言ったのかをはっきりさせなければならない。つまり、安井貴子は鈍いのである。

他人から彼女の理解に届くような説明を受けない限り、安井貴子は、自分から進んで事態を察知するというような能力を持ち合わせていなかったのである。人に「頭を働かせろ」と言われて見当違いの理解を示すという、お笑い芸人に必須の方向性を示すようになるのも、まだこの先の話なのである。

そういう安井貴子を目の前にして、金坪真名子は怒りに目をギラつかせてはいなかった。その目は異様な輝き方をしてはいたが、それはホラー系のサイコな輝きではなく、ファンタジー系の「夢見る少女」のそれであった。

夢見る少女の輝きを瞳に宿した金坪真名子は、やがて自分の指し示すものがなんであるかを、諄々《じゅんじゅん》と説き始める。

「諄々と」とは、幼い我が子を「初めてのお使い」に送り出す母親が、我が子に道順を教えるような時に重点的に使われる形容動詞で、余分なことを言えば「タリ活用の連用形」である。

しかし、金坪真名子はしばらくの間、黙って情報誌のページの端を指し示すだけだった。安井貴子のバカさ加減に言葉を失ったのではなく、自分が見つけ出したものの価値に陶然として、感動で言葉を失っていたのである。

現代にだって、ただの専業掃除少女をお姫様に変えるような舞踏会は、どこかで開かれているはずなのである。ただ、その招待状は送られて来ない。だから「王子様のお妃を選ぶ舞踏会」がどこで開かれているのかは分からない――と、そう思っていたのだが、現代で舞踏会の招待状は送られて来ず、その代わりに、雑誌の端っこに「舞踏会会場への地図」が載っているのだ。「来る気のある奴は、これを見てやって来い」と、「王子様のお妃選びの舞踏会」の主催者は言っているのである。金坪真名子は、そのように理解をした。だからして、彼女の瞳が夢見る少女のそれになっていたのは、当然のことなのである。

しかし、そうなると困ってしまうのが安井貴子である。時として「声に出してひとりごとを言う」という性癖を持つ金坪真名子の瞳が「夢見る少女」になってしまうと、ただでさえ呑み込みにくい真名子の話が、まったく分からなくなってしまうからである。

仕方がないので安井貴子は、もう一度「なに、これ？」と言った。視線をアパートの部屋の天井の隅に投げた金坪真名子は、そのポーズのままで「受けんだよ！」と吐き捨てるように言った。

別に、部屋の天井裏に忍者が隠れていたわけではない。「忍びの者が潜伏する気配」を、真名子が感じ取ろうとしていたわけでもない。「夢見る少女」のままでは現実に立ち向かえないことを知る金坪真名子は、夢に見られる天上の世界から、天井経由で現実に復帰して来ただけなのである。その時の声の調子が激しかったのも、怒りとかそういうもののせいではなく、ファンタジーと現実の間にある気圧差によって「激しく空気が洩れた」というようなことで、まあることなのである。

金坪真名子は、諄々と説き始めた——。

「このオーディションを受けるんだ。受けて受かるだ。そうして儂《わし》らは、テレビに出る！」

真名子の「諄々と」はこれだけだったが、「諄々と」を訓読みにすると「くどくどと」になる。諄々のくどくどが続く内に、金坪真名子の言語は怪しげな田舎訛《なま》りになった。すると、鈍くてバカなはずの安井貴子も、「受けるか？」と、怪しげな田舎オヤジ風イントネーションで応えた。応えてそして、もう一度、金坪真名子によって示された情報誌の中のタテ五センチ、ヨコ十二センチ程度の芸能事務所のオーディション広告を見た。それから顔を上げ、野武士に村を荒らされた百姓が都に助っ人の侍を探しに行く時のような声で、「行くだ」と言った。

それに応えて、金坪真名子も腕組みをして大仰にうなずいた。

まだ二十歳になったばかりの二人の娘が突然太古の土民のようになってしまったのは、照れでもなんでもない。彼女達は彼女達なりに、自分達のした選択が現実離れのしたものであることを知っていたのである。だから現実から飛んで、集会を開く太古の土民のようになったのである。同じ現実離れをするのでも、ヴェルサイユ宮殿に住むマリー・アントワネットの方向に行かなかったそこのところが、己を知るお笑い体質というものかもしれない。

「行くだ」と言って大仰にうなずいた二人は、やがてそのまま黙って見つめ合った。しかしそれは、理性に目覚めた人間が、我知らずにした無謀な選択を慌てて肯定するような言いわけを探すためではなかった。だから、金坪真名子は「だって、どうすればお笑いになれるのよ？　モデルになるんだったら、原宿の竹下通りに行けばいいんでしょ。

そうすると、〝きれいですね。モデルになりませんか？〟って声を掛けて来る男がいるわけでしょ？　でも、お笑いになりたい子は、竹下通りを歩いたって、〝へんな顔ですね、お笑いになりませんか？〟って誘われたりなんかしないのよ」とは言わなかった。なぜ言いわけなどをする必要があるだろう。

黙ってお互いを見つめ合った二人は、ただ事務所の電話番号が書かれているだけのような小さな広告を、夢見る少女の瞳で見つめた。それは、十年以上も前、少女雑誌に載っているちゃちな子供用アクセサリーの通販広告を見て、「買おうか？」「買おうよ」と言って百円玉を握りしめていた時の表情と同じだった。

百円で赤いルビーのブレスレットを買う。「私は真珠のネックレスよ」でもいい。そうして、現実から遠いところにいる田舎の少女はお姫様になる。当人がなれてしまえば、もうめでたしめでたしなのである。

彼女達には、「騙《だま》されたらどうしよう？」というような、危惧《きぐ》の心がなかった。一度夢見てしまった安井貴子の頭の中には、理性の心など訪れない。そういう方面に関しては警戒心が発達しているはずの金坪真名子にも、危惧の心など生まれなかった。金坪真名子は、「私達なんかを騙したって、なんのトクにもなりやしない」ということをよく知っていたのである。

「怪しげな芸能プロダクション社長の毒牙《どくが》にかかって若い肉体を凌辱《りようじよく》される」という

ような可能性の扉をちょっと開けてみようかという気もしたが、「そんなことをしたって芸能プロダクションの社長のトクにはならないしな」ということがすぐに理解されたので、くだらないことを考えるのをやめた。その代わり、「こんなにすべてがうまく行っていいんだろうか?」という、根拠のない楽観主義の徒となった。「どうかしている」と言えばどうかしている二人だったが、やがて二十一世紀へ向かおうとする二十世紀の末葉は、それで通ってしまうような時代だった。だから、仕方がないのである。

二　舞踏会への階段に立つ二人

あきれたことに、金坪真名子は自分達がオーディションを受けに行く堀端企画がどんな会社で、そこにどんなタレントが所属しているのかというようなことをまったく知らなかった。知らないままで平気だった。これで彼女がもうちょっと人並みの容貌に近かったら、「騙されてAVに出されたらどうしよう?」などとしょうもないことを考えるのだが、自分を信じる金坪真名子は、そういういかがわしいものが自分達に近づいて来ないであろうことを、確信していた。もちろんその確信は確かなのだが、それは別に、彼女達がなにかの力によって守られているからではなくて、いかがわしいものの側が「俺達にも選択の自由ってあるよな」と思っているからだった。

堀端企画は、あまりオシャレとは思えない地域の道路沿いに建つ、あまりオシャレには見えない小さなビルの三階と四階にあった。ビルの案内板を見ると、三階と四階のフロアは堀端企画が占有しているのである。「三階も四階も堀端なんだ――」と、案内板を見上げて金坪真名子は言ったが、それで安井貴子はどのようにも反応しなかった。そして、さすがの金坪真名子も、「二つのフロアを占有しているなんてすごい」とは言わなかった。まァ、その程度のビルなのである。

オーディションに応募しようと思って堀端企画に電話した金坪真名子は、「おねーさん」と言うよりは「おばさん」と思われそうな声の主の女から、「エレベーターで四階の受付までおいで下さい」と言われていたので、言われた通り安井貴子と一緒にエレベーターに乗って、四階で降りた。

「エレベーターホール」とは言いにくい狭い空間の先にガラスのドアがあって、そこに「堀端企画」と金文字で書かれていた。「ここだ」と言って金坪真名子がドアに手を掛けようとした瞬間、安井貴子が真名子の着衣の端を引いて、「真名ちゃん」と言った。

「なによ？」と金坪真名子が振り返ると、安井貴子はドアの上に貼ってある紙を指した。そこには「オーディションへおいでの方は、階段で三階へお下りください」と書いてあった。

「だったら、初めっから〝三階に来い〟って言えばいいのに」と金坪真名子は言ったが、文句はそれだけだった。

ビルの階段は、「ここで火事に遭ったら死んでしまうだろうな」と思われるような狭さで、ワンフロアを下りるためには、途中で一度「くの字」に曲がる。階段を下り、途中の踊り場で向きを変えると、その先に灰色の人の列があった。

そこだけどうしても映像が白黒になってしまうような人の列が、三階の方から八人ばかり続いていて、「芸能プロダクションのオーディション」という言葉から連想されるような明るい輝きはどこにもなかった。それはどう見ても、斜陽になった社会主義国でいつ出て来るのか分からない配給の食糧を待つ哀《かな》しい労働者の列だった。

人の列を見た金坪真名子は、階段を下りる足を止めた。真名子が止めたので、貴子も止めた。真名子が足を止めたのは、戦後間もないポーランド映画に見るような暗い人の群れを見たからではない。単に「あ、人がいた」と思ったからだった。

金坪真名子は足音を立てないように気をつけて階段を下り、列の最後尾にいた男に、「あの、オーディションですか?」と声をひそめて聞いた。聞かれた灰色の男は、怪訝そうな目でやって来た女二人を見つめ、なにも言わずにうなずいた。

「ここだって。よかったね」と、金坪真名子は声をひそめながらも、明るい調子で安井貴子に囁いた。その声を聞き咎《とが》めて、ただうなずいただけの「長髪で顔が少しむくんだような無精髭の目立つ若い男」は、再び怪訝そうな目を向けた。その顔はまるで、「どうしてここで明るい希望が発見出来るんだ？」と驚いているようでもあった。

時として、なにも知らないということは、最大の強みになる。更にその上、「私達を騙して、なんのトクがあるのだろう？」という最底辺の開き直りをしてしまうと、こわいものはない。「ここだって。よかったね」と安井貴子に言う金坪真名子の声が明るくはずんでいたのは、やっと目的の地に到達出来たという嬉しさからで、それだけだった。

しかし、「よかったね」と言われて、安井貴子の頬は薔薇《ばら》色に輝かなかった。そこは暗く貧しい職探しの階段のようで、若くて美しい男のいるテレビの世界へ続くようなものとは思えなかった。上から見下ろす階段の男達は、暗くて貧しくて灰色だった。安井貴子や金坪真名子のような若い女は一人もいなかった。若くない女もいなかった――まァ正確に言うと、安井貴子と金坪真名子の二人は、「若い女」ではなくて、「若いのにあまり若い女とは思われないような女」ではあるが。

安井貴子にとって、その暗くて寒い階段は、カフカの世界に続くようなものだったが、金坪真名子はそのように思わなかった――ついでに「迂闊《うかつ》なことを言った」と思うので修正しておくが、安井貴子はカフカの小説なんか読んだことはなかった（作者が勝手に「こうすりゃ効果的な比喩《ひゆ》になるか」と思っただけのことである）。

辿り着くべき目的の地に辿り着いて「よかったね」の声を上げた金坪真名子は、すぐに笑顔の形を見せる唇を閉じて、瞳に邪悪な表情を見せた。付き合いの長い安井貴子には、それが「邪悪なもの」であることはすぐに分かって、そういう表情を見せる以上、「金坪真名子にはなにか言いたいことがあるのだな」ということも理解された。

それで、安井貴子が「なァに？」と言うと、金坪真名子は、邪悪な表情を冷酷な表情に変えて、安井貴子の耳許に口を寄せて来て言った。それは、邪悪なニシキヘビが舌なめずりをするような囁き方で、金坪真名子は、「これだったら、私達絶対勝てるよ」と言ったのである。

「なんでそんなことを言うのであろうか？」と、鈍い安井貴子が首をかしげかかる前で、金坪真名子は、世を去ったハリウッドの名高い悪役スター、ジャック・パランスのような、いわく言いがたい残忍で不気味な表情を浮かべていた。

安井貴子だけではない。金坪真名子だとて、芸能界や芸能プロダクションに勝手な思い込みを持っている。安井貴子と金坪真名子が違うのは、安井貴子が「芸能界」とか「芸能プロダクション」というものを光り輝くものだと思ってボーッと見ているだけなのに対して、金坪真名子が「そういう光り輝くものの中に入ったら、自分は萎縮してつぶされてしまうな」という、本能に由来する警戒感を持っていることだった。

だからこそ金坪真名子は、堀端企画がさしてオシャレでもない通りのさしてオシャレでもないビルの中に入っているのを見ても、「セコい」だの「ショボい」だのと毒を吐かなかった。薄暗い階段に、とてもタレント志望とは思えないような暗い若者達が並ぶのを見ても、落胆などしなかった。どこかの大手プロダクションのタレントスカウトキャラバンのようなものなら、応募者がエンエン長蛇の列を作るであろうが、その薄暗い階段に八人ほどの、若いけれどもあまり若さとは関係なさそうに見える男ばかりが並んでいるのを見て、「なんだこれは？」とも「セコい」とも言わなかった。それに代わって、周囲の男達を震え上がらせるような明るい調子で「よかった」などと言って、周囲の一切を撥《は》ねのけようとした。金坪真名子が安井貴子に邪悪な表情を見せた時、既に彼女は、「この勝負にならら勝てる」と確信していたのである。

正規のルートからはずれたところで、女が生きて行くのは大変なのである。人生とは生存競争の場で、勝つか負けるか、人を押しのけるか押しのけられるかの二択しかないのだ。そもそも、女としても正規ルートからはずれかけていた金坪真名子は、人生という戦いの場で生き抜いて行こうとするタフな自分の存在を、その時に発見したのである。もちろん、その横にいた安井貴子は、なにも発見しなかったが。

三　禿鷹《はげたか》と石子《いしこ》詰《づ》めの女

三階のオーディション会場とされた場所は、ガランとした物置きのような場所だった。大掃除で机や椅子が片づけられた学校の教室のようでもあった。壁には黒板が掛かっていた。よく見ると部屋の隅には、バケツに突っ込まれたモップが壁にもたれかかっていた。

黒板の前には、運動会のテントの中でよく見かける、折畳み式の細長いテーブルが置かれていて、そこにパイプ椅子に座った三人の男が並んでいた。テーブルからは文字の書かれた白い三枚の紙が垂れていて、中央のそれには「堀端企画代表」の文字があったから、そこにいるのが社長の堀端任三郎であるのは間違いがなかった。間違いはなかったがしかし、その社長は別に「眼光の鋭い芸能界のドン」という感じでもなく、「不動産屋にいるただのオッサン」のようにしか見えなかった。しかしもちろん、金坪真名子は最早なにものに対しても「幻滅をする」などという贅沢な態度を持ち合わせていなかったので、さしたる緊張もしなかった。

会場に入ると、目の前の三人の男の誰かが「どうぞ」と言って、金坪真名子と安井貴子の二人は、一歩だけ前に進み出た。進み出たまま後ろで手を組んで、金坪真名子は三人の男の後ろにある黒板の上を見ていた。そこになにがあるわけではない。ただの白い壁しかない。しかし金坪真名子は、そうでもしていないと、なぜか自分が笑い出してしまいそうな気がしていたのだった。

金坪真名子にとって、それはほとんど朝礼だったが、しかしそれは学校の朝礼ではなかった。「どうぞ」と言って二人を前に進み出させて、それきりパイプ椅子に座った男達からは指示の声が飛んで来なかった。

金坪真名子は、視線をわずかに落とした。目の前の三人の男は、黙って、なにかが始まるのを待っているように見えた。ついでに、隣の安井貴子は、身体検査の時の身長測定のように、視線を宙に向けて直立不動になっていた。

金坪真名子は、なにか進んでリアクションを起こさなければいけないことに気づいて、視線を再び宙に投げると、図々しくもうろたえた様子など見せず、「モンスーンパレスの金坪真名子です」と、自己紹介の一声を発した。それが、モンスーンパレスが公式にその存在を主張した第一声だったのである。

「モンスーンパレスの金坪真名子です」と言った金坪真名子は、そうしてすぐに隣の安井貴子の体を肘《ひじ》で突ついた。

案の定、安井貴子はキョトンとして、金坪真名子の方を見た。そして金坪真名子が直立不動のままでいることに気づいて「あ」と言うと、「安井貴子です」と、どうやら自己紹介の後を続けた。そうして状況は、ようやくに動き始めたのである。

三人の内の右端に座っている男が、「履歴書は持って来てます?」と言った。

金坪真名子は「はい」と言って進み出て、バッグの中に入れておいた履歴書を取り出して、右端の男に渡した。安井貴子はその間も、宙を向いて直立不動のままでいたが、モンスーンパレスは二人の女で出来上がっていて、「モンスーンパレスの履歴書」というものはないのだった。その辺りの事情に気がついた安井貴子は、「あ、そうか」と言って、自分もまた履歴書を渡すために前へ進み出た。進み出てノーマルに事を終えて、つんのめったりずっこけたりするようなことはなかった。彼女には、そういう身体的な才能はないのだ。彼女のずっこけの才能は、なにをやるにしても「あ、そうか」をその初めに付ける、思考のずっこけに限られていたのである。

もちろん、タレントオーディションというのは就職の面接ではないので、履歴書なんかは二の次で、審査に当たる側の人間が暇つぶしに見るようなものでしかない。そしてもちろん、タレントの才能《タレント》を発掘するためのオーディションに「暇つぶしの余裕」なんかがあっては困る。それで、右端の男が二通の履歴書を手にしたと見るや、今度は左端の男が、「自己アピールを始めて下さい。ネタがあるんだったら、ネタをやってもらってかまいません」と言った。

言われてみればそうなのだが、まさか金坪真名子は、自分達がその場でいきなりネタをやらされるとは思ってもみなかった。そういうことを望んでいたわけでもなかった。金坪真名子は、ライトの当たるオーディション会場に座り、居並ぶ審査員から、「こっちを向いて下さい」「おきれいですね」と言われるそのことが、タレントになるためのオーディションではないのかと、誤解あるいは妄想していたのである。

束の間の夢は瞬時に醒めた。金坪真名子は我に返って、「ああよかった。ネタの練習をやっといて」と思った。「お笑いをやるためには、まずネタが出来てないといけないと思って、ネタ作りとその練習に取りかかった私の考えは間違っていなかったのだ」と思った。

もちろん、その考えは間違ってなんかいなかったが、隣にいた安井貴子は、上の空経由で緊張方面に行ってしまっていたので、金坪真名子に振り向かれ、小声で「行くよ」と言われても、お得意の「あ、そうか」は出なかった。「え?」と言ったまま硬直して、小刻みに震えていた。

金坪真名子には、緊張などしている余裕がなかった。演技力ゼロの安井貴子が緊張している――それを引っ張って行かなければならないと思うと、お上品に緊張している余裕などないのだった。

金坪真名子は、緊張して突っ立っている安井貴子に「いい?」と小声で囁くと、囁いたことの答が返って来るのも待たず、パイプ椅子に座っている三人の男に向かって、「コントをやります」と言った。そうして、安井貴子のそばから少し離れた。

緊張で足を小刻みに震わせたまま立っている安井貴子一人が取り残されて、「セーノ」の掛け声抜きで、もうコントは始まっていた。それが、秘密のベールを脱いで初めてオープンにされる、お笑いコンビ、モンスーンパレスの初コントだったのである。

「石子詰め」という昔の刑罰があった。神の使わしめである春日大社の鹿を殺した者は、この刑罰にあった。地面に体が収まるような穴を掘り、縄で縛られた罪人をこの中に座らせるのである。そして、穴の中に小石を放り込んで行くのである。首から上だけは、穴から出ている。でも、穴の中に小石はどんどん詰め込まれて行くから、首から上は自由だが、体の方はどんどん苦しくなって五臓が破裂し、やがては死んでしまうのである。緊張で足を小刻みに震わせ、それでも頭の中は、「コントをやらなければ、練習した通りのことをしなければ」と思って、「えっと——、あ、その、えっと——」と、言葉にならない言葉を繰り返している安井貴子は、まさに、その神の使わしめの鹿を殺して石子詰めになろうとしている哀れな罪人そのものだったのだ。

「明日はオーディションだ」という昨日の晩も、ちゃんと練習はしたのである。その練習風景の断片だけは、走馬灯のように安井貴子の脳裏に甦る。しかしただそれだけで、体の方は一向に動こうとしないのである。

その安井貴子のそばに、離れていた金坪真名子がツカツカと近寄った。そこには、普段の金坪真名子が嘘をつく時に特有の、気取った澄まし顔が載っかっていた。

ツカツカと安井貴子の横に現れた金坪真名子は、気取った澄まし顔の上に明るく元気なハイテンションの声を出して、「宗教に関心がありますか？」と、安井貴子に問うたが、その金坪真名子の様子は、「お笑いなんか目指さずに、そのまんま霊感商法の方に行った方がいいぞ」と言いたくなるようなものであった。セールスマンに特有の、作られた明るい社会性の下に、舌なめずりする邪悪さが覗いているのである。困ったことに、金坪真名子は、「自分に似合うもの」がどんなものであるのかを、よく知っていたのである。

金坪真名子は、決して邪悪な女ではない。ある意味で「ノンキなお人好し」でもある。しかし、「自分に似合うものはなにか？」を考えた時、金坪真名子はいとも簡単に邪悪な表情を見せてしまうのである。

「自分に似合いそうなのはなにか？」と考えて、たやすく邪悪なものを想起してしまう――それが冷静で理性的である金坪真名子の、哀しい性《さが》だったのである。

人の形をしたリアルな禿鷹の前に、石子詰めにされた安井貴子がいた。「宗教に関心がありますか?」と問われて、哀れな安井貴子は、「あ、ありません」と答えた。貴子の小刻みな足の震えは喉の方に転移して、「なすべきことをなした」と思う安井貴子の口は、半開きのまま動かなくなった。

金坪真名子は固まった。安井貴子も固まったままだった。テレビではないので「しばらくお待ちください」というテロップは出なかった。

霊感商法に目をつけられた女が、「宗教に関心がありますか?」と問われて、「ありません」と答えてそのままにしたら、その先にコントは進まない。金坪真名子の考えた台本では、初め「ありません」と言って勧誘を拒絶した貴子が、すぐに首をかしげながら「あるかな?」と言う設定になっていた。これは、人になにか言われると態度をグラグラさせてはっきりしない、安井貴子の性格を写したものである。

安井貴子は、なにかというと「あ――」とか、「あ、そうか――」と言う。うっかりして忘れているということもあるが、それはまた同時に、すぐに態度を翻してしまうグラグラ性を示してもいる。安井貴子は、一度は自分で判断を下しておきながら、すぐに「いや、それだと損をしてしまうのではないか――」と考えて、すぐに自分の決断を翻してしまうのである。緻密に損得を計算しているのではなくて、深く考えるという能力を欠落させているから、判断が落ち着かないのである。

安井貴子のその性格を知る金坪真名子は、「霊感商法の勧誘にあいながら、はっきりしない態度でノラリクラリとかわし、結果的に邪悪な霊感商法を撃退することに成功してしまう、無垢《むく》な女の勝利」という内容のコントを構成したのである。「私は違うが、貴ちゃんはどこかおかしい。貴ちゃんは絶対にお笑いのボケだ」と確信する金坪真名子は、そのグラグラでグダグダの安井貴子から受けた被害の数々を、コントに反映しようとしたのである。だから、その中身はともかくとして、コントの構造は、かなり複雑だった。一方ではグダグダの安井貴子のボケ振りを見せながら、最終的には「安井貴子に手こずっている金坪真名子の悲劇」が、感じられる人には感じられるように作られていたのだった。

ところが安井貴子は、あれほど練習をしたのにもかかわらず、一番最初のとっかかりである、「宗教に関心がありますか？──ありません。あ、あるかな？」の後半を忘れてしまったのである。コントはそこで止まって、先へ進まない。金坪真名子は、「自分のなすべきことはなした」として虚脱状態にある安井貴子に、「貴ちゃん」と囁いた。目の前の三人の男は、笑いもせず二人の様子を黙って見ている。「貴ちゃん」と囁かれた安井貴子は、金坪真名子に呼びかけられていることにさえ気がつかない様子で、石子詰めの呆然自失状態のまま突っ立っていた。

「貴ちゃん！」と二度目に呼びかけられて、安井貴子は黙って、金坪真名子の方に振り向いた。そこに「あ、そうか」の声はなかったので、安井貴子の脳のメイン回路はまだ起動していなかったのである。

振り向いただけの安井貴子に対して、金坪真名子は、「ほら——」と三度目の警告を発した。

さすがの安井貴子も、己の失態に気づいた。「あ、そうか」などと悠長なことを言うのも忘れ、慌てて息を整えた。そして、軽く首をかしげながら、「あるかもしれない♡」という、信じがたいカマトト声を出した。度を失った安井貴子は、審査員達に媚《こ》びを売ったのである。

もちろん、脚本家兼演出家の金坪真名子は、内心「誰がそんなことをしろと言った！」と、不信心な民を罵る旧約聖書の神のような怒りの声を発した。その内心の毒が表に出ないように気をつけたが、カッと見開いた目の中になにかが燃えているのだけは隠せなかった。

しかし、そんな金坪真名子をよそに、審査員に媚びを売ることによって自分を取り戻した安井貴子は順調だった。ということはつまり、自分自身にとって順調なだけで、金坪真名子によって教えられた段取りを、全部無視したのである。別の言い方をすれば、安井貴子は舞い上がって、暴走を開始しただけなのである。

「あるかもしれない♡」というとんでもないカマトト声を出した安井貴子は、瞋恚《しんい》という仏教系の怒りの表情をあらわにする金坪真名子に向かって、「なにかいいことあるのかしら？」と、言わなくてもいいようなことを言った。更には、「だって宗教なんでしょ？」と余分なアドリブを加えた。よく見ると、安井貴子の足は小刻みに震えている。このまま放置しておくと、「誰か素敵な男の人でもいるの？」というような、純なる愚鈍や無垢とは違う方向へ行ってしまうことは、目に見えていた。金坪真名子には、もうあきれている暇も、慌てている暇もないのだった。

夢遊病患者に冷水を浴びせるように、緊急事態に立ち至った金坪真名子は、自分の書いた台本にある本来のセリフを発した。

「じゃ、あなたの幸福を祈らせて下さい」

金坪真名子がそう言うと、安井貴子はまたしても審査員の方を向いて小首をかしげ、「私、幸福になれるかしら？」と、とんでもないことを言った。

あまりのことに金坪真名子は我を見失って、「お前なんかが幸福になれるわきゃ、ねェだろう！」と怒鳴り声を発した。

安井貴子はあまりのことに、「ヘッ？」と言って、瞬間、動きを止めた。審査員達は、金坪真名子の怒り声を「見事な演技だ」と勘違いして、身を乗り出した。

「ヘッ？」と、猫騙しにかかったような顔をしている安井貴子に向かって、金坪真名子は「今見せた怒りの表情はウソだ」と言わぬばかりの澄まし顔で、「あなたの背中には、三百年前に死んだ悪いマントヒヒの霊が取り憑《つ》いていますね」と言った。

「なにかが取り憑いている」と言って、金坪真名子が安井貴子を脅かすのが本来のコントの段取りだったのだが、その取り憑いている「なにか」は、三百年前に死んだ悪いマントヒヒではなかった。そこで、安井貴子は慌てて、背中を覗き込もうとした。初めてそんなことを言われた彼女は、「三百年前に死んだ悪いマントヒヒ」が、本当に背中に取り憑いているような気がしたのである。

慌てる安井貴子の肩をポンポンと叩いて、金坪真名子は、崇高な修道女のような表情で、「大丈夫ですよ」と言った。

まだ背中のマントヒヒを信じている安井貴子は、自分の尻尾《しっぽ》を追いかける猫のような円周運動をジリジリと開始しながら、「本当ですか？　本当ですか？」と言い続けた。台本の展開とは違っているが、もう金坪真名子にはどうでもよかった。「大丈夫です。これを持っていれば」と言って、服のポケットからなにかを取り出そうとした。

あまりはっきりとピンクではない上着のポケットを探って、「あれ、どうしたんだろう」と、声に出して言った。本来だったらそこから、緑色の石をつなげた数珠《じゅず》が出て来るはずだったのだ。それがない。服の上を探って慌てている金坪真名子の動きは、それ自体が「ない、ない」と言っているマンガのようだった。「背中のマントヒヒ」が気になる安井貴子も、「私は本当にどうなるんだろう」と気を揉んだ。

　すると金坪真名子は、それまでとは打って変わった素の声を出して、「そうだ」と言った。言うやすなわちスタスタと部屋の隅に戻って、そこに置いておいたハンドバッグを開けた。そして、「ああ、よかった」と声に出して言ってから、緑色の数珠を手にして、またコントの場に戻った。金坪真名子だとて、やはり動顛《どうてん》していたのである。

　その間も安井貴子は、不安な表情を見せながら、落ち着かなく動き続けていた。見ようによっては、なにが起きても演技を続けている見上げた根性ではあるが、もちろんそんなことはなかった。彼女はただ、背中に取り憑いたとされる三百年前の悪いマントヒヒの霊がこわかっただけなのである。

　その安井貴子の前に、行い澄ました高僧のような表情を見せた金坪真名子が、緑色の数珠を差し出して、「これを──」と言った。

　安井貴子は腰を屈《かが》めて「ありがとうございます」と言って差し出された数珠を手に取ったが、すぐに目を剝《む》いて、「これじゃない！」と言った。

　本来の台本に従えば、緑色の魔除けの数珠を出された安井貴子は、「グリーンじゃいやだ。ピンクじゃなきゃいやだ」という、いかにも若い女らしいだだをこねて去って行く段取りになっていた。それをどう勘違いしたのか、ピンクの数珠が出て来るはずのものと思い込んだ安井貴子は、いきなり「これじゃない！」と突っぱねたのである。

金坪真名子は、もう面倒になった。「いいんだよ、いいんだよ」と小声で言って、渡そうとしたのに受け取ってもらえなかった数珠を手にして、「あっち行きなさい。悪いものはあっち行きなさい」と、安井貴子に退場を指示した。

最早、コントと現実の境を見失っている安井貴子は、すがるようにして金坪真名子を見た。仕方がないので、金坪真名子は、「悪い霊は浄《きよ》められました」と言って、「消えろ、消えろ」と、手で示した。

安井貴子は、「ホント？　ホント？　大丈夫？」と小声で繰り返すと、それでもまだ半分は猿に乗り移られたような中腰の姿勢で、部屋の隅へと去って行った。

一人残った金坪真名子は、目の前の三人の審査員に向かって「終わりです」と言って、おかっぱ頭を少し掻いた。「無理矢理終わりにしたけれど、本当にそれでいいのだろうか？」という忸怩《じくじ》たる思いがしたのである。

「もうちょっとうまく出来たはずなのに」と思ってうつむきかけた時、部屋の隅に去ったはずの安井貴子が戻って来て、「いかがでしたでしょうか？」という顔をして横に立っているのが分かった。金坪真名子は言いようのない暴力衝動を感じて、安井貴子に飛び蹴りを喰わしてやりたくなった。

四　一体なにが「おもしろい」んだ？

なんらかの形で「コントをやりとげた」と言ってもいいかもしれないようなモンスーンパレスの女二人は、三人の審査員の内の右端に座っている「履歴書は持って来てます？」と言った、どうやら三人の中では一番若い男に、「そこにある椅子を持って来て、座って下さい」と言われた。

金坪真名子は「はい」と答えて、部屋の隅に立て掛けられたパイプ椅子を持って来て座った。その間、安井貴子はただ立っていただけなので、椅子を持って来た金坪真名子は、「自分で持って来なさいよ」と、小声で貴子に言った。

安井貴子は「あ、そうか」と言って、ヨタヨタの小走り状態で椅子を取りに行った。そのことによって、金坪真名子は、「やっと貴ちゃんは普段の状態に戻った」と思った。そう思うだけで、特別に激しい怒りをぶつけたいとは思わなかった。貴子に対しては「自分で持って来なさいよ」と叱責《しっせき》をぶつけたが、我が身に対しては春の日を浴びるような安堵感を感じていた。というのは、「もうちょっとうまく出来たはずなのに」と思って立っていた金坪真名子に「そこにある椅子を持って来て、座って下さい」という声が飛んで来るほんの少し前、審査員席の真ん中にいた堀端任三郎が、左端の眼鏡を掛けたなんとなく欲深そうな感じのするやせた中年以上の男に体を向けて、「おもしろいじゃないか」と、同意を求めるような声を掛けたからである。

やせて欲深そうな中年男は「ふん、ふん」とうなずいて、右端の「履歴書は持って来てます？」と言った男になんらかの指示を顎で出した。「そこにある椅子を持って来て、座って下さい」はその結果のもので、これを聞く金坪真名子は、「最低限、自分一人だけは有望であろう」と思った。このような考え方を胸に抱くことによって、金坪真名子は、ガマゴオリの地からただ一人だけ東京辺の国立大学入試に成功したのである。

椅子に座った二人に対して、欲深そうな眼鏡を掛けた中年以上の男が、右端の男の方から回って来た履歴書を手にして——というかいじくり回しながら、「モンスーンパレスね？」と言った。

安井貴子は、地べたに座って「お侍さま」と言いかねない老婆のような表情で薄ぼんやりと口を開け、金坪真名子の方を見ていたが、そんなものに拘泥《こうでい》しない金坪真名子は、問われた問いに対して、「はい」ときっぱり答えた。

欲深そうな眼鏡を掛けた中年以上の男は、「モンスーンパレスは誰が考えたの？」と畳みかけるように尋ねたが、金坪真名子は臆《おく》する態度も見せず、「私です」と答えた。

すると、眼鏡を掛けたやせて欲深そうな中年男は、二通の履歴書を見比べるようにして、

「あなたは――?」と言ったので、金坪真名子はすかさず、「金坪真名子です」と、今にも椅子から立ち上がりかねない勢いで答えた。それを聞かされた欲深そうな眼鏡の中年以上の男は微妙な違和感を感じて、「それは誰がつけた名前なの?」と言いそうになったが、履歴書に書かれた文字を見る限り、その名は本名だった。

「本名ですね?」と、眼鏡を掛けた欲深そうな中年以上の男は、金坪真名子に尋ねた。金坪真名子も微妙な違和感を感じて「はい」とは答えたが、真名子に対するそれ以上のお尋ねはなかった。

お白洲《しらす》ではない、黒板を背後にして座っているだけの審査員は続いて、「安井さんね?」と、安井貴子に尋ねた。

安井貴子は、頭に二つ折りにして三角になったスカーフをかぶっている倹《つま》しい花売り娘のような上目遣いで、「はい」と可憐《かれん》に答えたが、それを聞く金坪真名子は、声に出さずに「ゲッ」と言った。

「安井さんは、短大生?」と、同じ男が安井貴子に尋ねた。

安井貴子は「はい」と言って、「でも、もう卒業は決まっています」と言った。

「就職とかっていうのは、決めてないの?」と問われると、安井貴子は、爪の先をいじくりながら視線を落として、「そういうのは、別に――」と答えた。

「じゃ、お笑い一本なんですね?」と問われると、うつむいた安井貴子は顔を上げて、首をゆっくり左右にかしげて、「そういうのは別に――」と、いたって心許なげに答えた。

「まさかひょっとして〝モデルになりたい〟なんて言い出すんじゃないだろうな」と、心許ない安井貴子のありようを心配した金坪真名子が、「この子にあんまりいろんなことを聞かないで下さい。すぐに壊れますから」と言いかけて、気がついた。見ると目の前の三人の男の視線は、金坪真名子ではなく、安井貴子の上に集まっているのである。

「なんのために？　なにがおもしろくて？」と、金坪真名子は憤慨した。

しかしそれを無視して、審査員達の関心は、安井貴子に向けられている。

「じゃ、安井さんは、なにが志望なんですか？」と、今度は右端の履歴書と椅子の担当が尋ねた。

男達の関心が、自分を通り過ぎてカマトトブリッ子の上に注がれるということを経験していないわけでもない金坪真名子は、自分自身の目を疑った。安井貴子は、カマトトブリッ子の真似をしても甲斐のない女なのだ。それなのにそうしてしまうのは、彼女のロクでもない病気なのだ。「どうしてこれが、可愛い娘のように見えるのだ」と思う金坪真名子は、冷徹な視線を安井貴子の方にグイッと向けた。

安井貴子もそれに気がついて、膝の上に置いた指先を慎《つつ》ましく動かして、幼な子を抱えたまま夫を失って仕方なしに他人の援助を求めざるをえない若い人妻のように、「自分がこんなところに来てしまった理由」というのを述べ始めた。

「私は別に、〝お笑いをやりたい〟とかいう気持ちはなくて、真名ちゃん——あ、金坪さんに〝やらないか〟って言われて、それで付いて来ただけなんです」と、安井貴子は言った。

「あ、友達のオーディションに付いて来て、友達じゃなくて、付いて来たやつがスターになっちゃうパターンね」と、金坪真名子は思った。

「テメエ、テレビに出られるって言っただけで、コタツの中で腰振り出した女は誰だ！」とも、金坪真名子は思って、「喉を掻きむしりたい苦しみ」というのが、この世に実際存在するものだということを、初めて理解した。

安井貴子は、天然の詐欺師のような嘘と欲望の塊で、しかもその上に小心で臆病という始末の悪い性格を併《あわ》せ持つ、どうしようもない女だったのだ。「今この時に、この女の正体がはっきり分かった」と、金坪真名子は思った。

カマトトブリッ子の女は、めんどくさいことになると、平気で物事を他人にパスしてしまう。「金坪さんに付いて来ただけ」と安井貴子にパスを渡されて、ようやく審査員達の関心が金坪真名子に集まった。

「さっきのネタは、あんたが作ったの？」と、やはり眼鏡の中年過ぎが言った。口のきき方がだいぶぞんざいになっているのが、真名子には気になった。

真名子は「はい」と答えて、「貴ちゃんと二人で、考えながら作りました」と言った。「お前が責任逃れをしようったって、そうはいかないのだ」と金坪真名子は思ったが、眼鏡の男はやはり欲深で性格が悪いのか、そんなことに応えてはくれなかった。肌の色がドス黒くさえもあるその男は——後になって堀端企画の営業本部長であることが分かったが——金坪真名子に、「もう少しネタを練り上げた方がいいね」と、冷たく言った。その男の前にも肩書きを書いた白い紙がぶら下がっていたが、緊張した金坪真名子には、そこになにが書かれているのかが読めなかったのである。

金坪真名子は、うっかり素になった。「なんで私ばっかがきつく言われるんだ？」と思ったのである。

前述の通り、金坪真名子だとて緊張しないわけではない。彼女が緊張するシチュエーションは、多く「いい男がそばに寄って来た」という場合である。それはほとんど「偶然の結果」で、いまだ経験していない「未来に於ける話」ではあるのだが、まだ「緊張する」をそれほど経験していない彼女は、「緊張する」と「上辺を取り繕う」を取り違えていたのである。「上辺を取り繕うのは大変だ。だから緊張する」とだけ考えていた金坪真名子は、「上辺を取り繕う」ということをうっかり忘れてしまうと、平気で「素のまんまの金坪真名子」になってしまうのである。

タレントのオーディションに来る者は、「採用されたい」と思っている。だから、採用する側の言うことに、口答えをしない。おとなしく「はい、はい」と言う。言えなければ、「はい」と言いかけてそのまま黙る。ところが、「もう少しネタを練り上げた方がいいね」と言われた金坪真名子は、「なんで私ばかりがきつく言われるんだ、こいつの責任はどうなるんだ」と思って素に返り、まだ採用されるかどうかも分からない新人のシロートのくせに、業界人に向かって口答えの言いわけを始めてしまったのである。怖《お》めず臆せず。金坪真名子は、「ですけど——」と前置きをして言いわけを始めた。

「私の考えたのは、もうちょっとちゃんとしてたんです。でも、貴ちゃんが緊張して舞い上がって、いろいろわけの分かんないことをしたんで、〝こりゃやばい〟と思って、後の方をすごくカットしたんです」と、金坪真名子は言った。だからと言って、「もう一回、ちゃんとしたのをやらして下さい」とは言わなかった。

堀端企画の眼鏡を掛けた営業本部長は、それをまともに聞き入れる様子でもなく、「ふんふん」と聞き流していた。

言うことだけ言って、「私のせいじゃないんだ」ということをはっきりさせた金坪真名子は、肩で息をして「やっと落ち着ける」と思ったが、その時、思いもかけない声を聞いた。堀端企画の社長の堀端任三郎が、またしても「おもしろいじゃないか」と言ったのである。

履歴書と「椅子持って来て」担当の右端の若い男——後に営業の片山と名が知れることになるのが、「ふん、ふん」とうなずいた。左端の営業本部長も、どうでもいいことを聞き流すような調子で、「ふん、ふん」と言った。

金坪真名子は、血の池地獄の中で上から蜘蛛の糸が下りて来るのを見つけたような安堵感を感じると同時に、ある種の不快感を感じた。営業本部長の眼鏡が、金坪真名子に対しては冷淡であるように思えたのである。

「もしかしてこの男は、安井貴子に歪んだ欲望を抱いているのではないか？」とさえ思った。すると、なんとしたことだろう、金坪真名子がそう思った瞬間、安井貴子の肩がビクッと動いて、金坪真名子の方を見たのである。あろうことかあるまいことか、その安井貴子のソバカスの浮いた頬は、桃色になって輝いていたのである。

金坪真名子は、故郷の祖母から教わった、不吉なことを振り払うまじないの言葉を呟いた。

「ツルカメ、ツルカメ」と、目を閉じて唇だけを動かし、「なんであの子に私の考えていることが分かるのよ！」と内心で罵った。

金坪真名子は、いまだに男性経験がないので、なにかよく分からないことがあって、そこに男の姿を感じると、すぐに「邪《よこしま》な欲望」とか「歪んだ欲望」という、あるんだかないんだか分からないものを勝手に発見してしまう。その男性経験のなさに関しては安井貴子も同じだが、金坪真名子がそれを「邪悪なもの」としてとりあえずは退けてしまうのに対して、安井貴子は「来るものならなんでもいい」という鷹揚《おうよう》な構え方をしている。自分にその気はなくても、相手にその気があったら、「じゃいいわ」と言ってしまえる態勢も勝手に作り上げてしまっている。そうなっての問題は、安井貴子に対して誰もまだその気にならないでいるので、安井貴子の「その気探知態勢」が空回り程度に過敏に反応してしまうことだった。

別に、安井貴子にテレパシー能力があるわけではないが、安井貴子はその場に漂った「その気の粒子」を敏感に感じ取って、頰を染めたのである。あまつさえ、「やだわ」と小声で呟いたのである。

「洗面器で引っぱたいてやろうか」と思ったのは、金坪真名子一人ではなかった。

堀端任三郎が「おもしろいじゃないか」と言ったのは、二人のやったコントに対してのものではなかった。その「おもしろい」は、「FUNNY」で「へん」の方だった。本篇の冒頭でも言ったように、「空前のお笑いブーム」は、その空前さによって、お笑いのあり方を変質させていた。その以前には、「人に笑われるのではない。人を笑わせるのだ」と言われて芸人の胸に刻まれていた信条が、いつの間にか、「それって、どう違うんです?」と言われるようになりかかっていた。二十一世紀になれば、「芸人のくせにすべっている」ということも笑いの対象としてカウントされるようになるが、その新しい時代の芽が出かかっていたのである。

業界人である堀端任三郎は、そこにいる若い女二人が、人に笑われていることに気づかずに平気でいることを、「おもしろい」と思ったのである。女芸人というと、さしてブスではないのに、あえてブスを作り込もうとする傾向があるものだが、目の前にいる女二人は、明らかに揃ってブスであるにもかかわらず、そのことを一向に気にせず、「普通の女」のように振る舞っている——そのことを「新鮮でおもしろい」と思ったのである。

「芸」もへったくれもない。「お前達はシロートのくせにへんだからおもしろい。お前達は、普通の人間のくせになにかが歪んでいる——そこのところが新鮮でおもしろい」と評価されたのである。

さすがに業界人の堀端任三郎である。生き馬の目を抜く芸能界で生き延びて来て、ビルの二フロアを占有出来るようになった彼は、「新しいもの」に敏感だった。それで彼は、芸もなんにもない——ネタをやらせれば上がりっ放しで緊張しっ放しのどうしようもない女二人を、「拾ってもいいか」と考えたのである。いざとなると緊張して、そのくせそれが終わると緊張もへったくれもなくて、ブスのくせに平然と「普通の女」になっている女を、それまで堀端任三郎は見たことがなかったのである。生き馬の目を抜く業界に長く、もっぱら業界とその周辺のことしか知らなかった堀端任三郎は、その業界の外の「現実」というところでは、雨が降った日の二日後のキノコのように、そういう新種の女が増殖していることを、知らなかったのである。

男女雇用機会均等法が成立して、既に五、六年が過ぎた。三十女の五、六年は「より三十女の五、六年」で、四十女のそれは「うっかりするとババア」の五、六年であり、二十代女の五、六年は「まだ大丈夫の時期が過ぎた、うっかりすると崖っぷち」なのだが、女子中学生の五、六年は、「女以前のもの」から「女」へと大転身を遂げてしまう、とんでもない時期なのである。まだ葉っぱしかなかったキューリやナスに、出荷出来るかどうかは分からないけれど、実というものが生《な》って「野菜」というものに変身してしまう時期なのである。その時期に男女雇用機会均等法という、いまだかつて前例のない新しい肥料を与えられて、女子中学生がどんなものに変わるのか——誰もその結果をまだ知らずにいて、金坪真名子と安井貴子は、そうして登場した、突然変異形の「元女子中学生」だったのである。

突然変異形の女子中学生は、笑われることを恐れない。男女雇用機会均等法以前には、女でブスであると「生きにくい」という思いを感じなければならなかったが、その後の突然変異形の女子中学生は、「ブス」と言われても平気でこれを拒絶するし、その逆に

「そうだよ」と言って平気で受け入れてしまう。すべてが「だからなに?」になって、屈辱の中で成功への道をコツコツと目指すということが古いやり方になってしまったのである。

堀端企画に所属するタレントとなったモンスーンパレスの女二人のその後に、さしたる苦労話はない。男性遍歴の方もない。やっと「処女ではないもの」になりはしたが、その後の二十年近く、そういう方面の変転もない。ないものはないから書きようがないというわけで、「五、六年」の大転身の時期を成人前に迎えてしまった女二人は、その後に於いて、「なんにも変わりはないまんま」という不思議なアンチ・エイジングの時間を過ごすことになるのである。

五　ないものはない、なにもないったら本当になにもない

というわけで、いよいよここから話は本題の「セックスレス・アンド・ザ・シティ」になるのであるが、既に言ってしまったように、やっと「処女ではないもの」になりはしても、その後の二十年近く、金坪真名子と安井貴子の二人に、色恋沙汰とか男性経験とか、そういった方面での進展めいたものは、なにもないのである。だからこその「セックスレス・アンド・ザ・シティ」

なのであるが、それを言ったらもうおしまいである。タイトルで「なにもないのです」と明言しておいて、「さァ、本題ですが、タイトル通りなにもないのです」と続けてしまったら、もう詐欺である。「お前は、そんなことまでして原稿料を稼ぎたいのか」と言われてしまう。がしかし、なんと言われても「なにもない」のは事実で、その事実を「詐欺だ」と言ったら、当然のごとく悲しむ女はいるのである。それが誰かと言ったら、もちろん、当の金坪真名子と安井貴子の二人である。

　金坪真名子と安井貴子の二人は、「男運がないだけじゃなくて、私達の生き方は詐欺なの？」と言って悲しむに決まっているのである。

　安井貴子なら口をとんがらせて、「どっちかって言うと、私なんかは詐欺の被害者なんだかんね！」と悲しみの末に訴えるだろうが、男運のない彼女の前にまともな詐欺師なんかが現れるわけもなく、彼女は平穏に、ただなにもないだけなのである。

　咄嗟《とっさ》の安井貴子がトンチンカンな反応しか示さないのは、昔も今も変わらない時を超えた事実であるのに対して、聡明で知性のある金坪真名子になると、ちょっと違う。「じゃなァに？　私の生き方が詐欺みたいだって言うの？」と涙目で訴えて、訴えながらもその一方、内心ひそかに「言われてみりゃァ、私の人生なんか詐欺みたいなもんかもしれないな」とうなずいてしまうのが、金坪真名子なのである。

　もちろん、金坪真名子が「私の人生は詐欺みたいなもん」と思ってしまうのは、男運がないとかセックス運がないとか出会い運がないとかいうこととはまったく関係がなくて、単に「私は詐欺師みたいな考え方も平気でしちゃうからなァ」ということでしかないのである。

金坪真名子は、恋愛とかセックスとか男というようなものがよく分からない。分からないのは経験不足で、そういうものを分かるためのモノサシが、彼女の中に育っていないからである。だから、「お前みたいなところに男なんか寄って来るもんか」的なことを言われると、「なんてこと言うの！　ひどーい！」と言って涙目になりはするものの、すぐに話の方向を、自分に理解出来る、自分に参加出来るような方向に持って行ってしまうのである。

金坪真名子にとって重要なことは、「男運のあるなし」以前に、その場の話からおいてけぼりを喰わされないこと、ポツンと一人取り残されることを回避することなのである。

恋愛関係の話になると「分からない……」で参加のしようがないが、「詐欺師」とかいうことになると「なんとなく分かる」と思えてしまうから、「私は詐欺師なのかもしれないなァ」という肯定も、平気で出来てしまう。しかし、そっち方面の「苦手な話」になると平気でパスをしてしまう機能が備わっているから、彼女の「経験不足による空白」は、一向に埋められないままなのである。

「私はどうしようもない女だ」ということになると、なんとなく平気で認められるが、
事実として、いつの間にか「私は男に相手にされない女だ」ということになると認めにくい。

「どうして私と〝男〟というものの間になんの接点もないのか？」という理由が分からないので、「私は男にもてない女だ」ということが認められないのである。金坪真名子という女は、そのように理性的で論理的なのである。

しかしこういう話になると、読者の中には「金坪真名子や安井貴子が男に縁のない理由なんか決まっている。ブスだからだ！」と短兵急《たんぺいきゅう》な結論をお出しになる方もおいでだろう。だが、これは間違いなのである。

世の中には、「男がほっとかない美人」というのがちゃんといる。と同時に、どうあっても「ブス」というカテゴリーに属しているくせに、「男に不自由をしていない女」「男性経験の豊富な女」というのも、ちゃんといるのである。「私なんか、男が切れたことがありません」と明言してしまうブスだって、ちゃんといるのである。

本家『セックス・アンド・ザ・シティ』のサラ・ジェシカ・パーカーだって、映画に出るたんびに顔が長くなるような芸人顔をしているのに、平気でファッションリーダーなんかになっちゃったりして、芸風も「男に不自由はしていない」だったりする。つま

り、「ブスだから男にもてない」というのは、別に真実でもなんでもないのである。重要なのは、「男とやる」「男をものにする」ということに対して積極的であるかどうかで、もちろん、金坪真名子と安井貴子の二人には、そんな積極性の持ち合わせというものがないのである。

「男が絶えない女」というのは、「やれそうな男」の存在を体内センサーがキャッチすると、元々濃厚に存在しているスケベフェロモンが全開になるのだ。全開になって、デパ地下の食品売場の試食品状態になる。デパ地下の試食品は断片に楊枝が刺してあるだけだが、こちらの試食品は商品丸ごとの「いかがですか？」だから、食物アレルギーを持っていない男ならば、「あ、トクした」と思って、これをいただいてしまうのである。男も女も、損をしないのである。世の中の一部かかなりの部分は、このように特殊な交換経済で出来上がっているのである。

そういう試食品提供体質の女は、一度や二度男に拒絶をされたりしても、めげたりなんかしない。拒絶した男にふさわしい罵倒《ばとう》表現をきちんと持ち合わせていて、それをぶつけて身を守るのである。体を丸めたアルマジロの無敵さに近いが、近いのはイタチかスカンクかもしれない。なんであれ、そのような防御能力と自信を兼ね備えてしまったならば、もうブスかどうかなどということは、関係なくなってしまうのである。

問題は、「ブスかどうか」ではなくて、「やる気のあるなし」なのだが、しかしこんなことを言ってもたいした役には立たない。「やる気を出せばセックスの相手くらい捕まえられるかもしれないが、恋愛の相手はやる気を出したって見つからない」という事実があるからである。

六　神と信者の間《はざま》で

「男運」という言葉で一つにされてしまうが、同じようなものでありながら、セックスと恋愛は大きく違うのである。どう違うのかと言うと、セックスというものが「欲望」というところに属するのに対して、恋愛というものはただ「恋愛」で、欲望とは所属事務所が違うのである。

「セックスをしたい」というのは欲望である。「恋をしたい」というのはただの憧れだが、これが「あの人」という特定の付いた相手を思って、「ああしてこうして、恋だから当然セックスもするんだわ」になると、これは妄想という質の欲望である。「セックスなんかしなくてもいいの、ただ見つめられて、抱きしめてもらうだけでいいの」と考えるのも、やはり恋愛という質の欲望である。

欲望を抱いて、その欲望の命ずるところに従ってしまうと、人間というものはその瞬間から全能感で一杯になってしまう。「自分は世界の頂点に立っている」と思い、「すべては自分を中心に回っている」と、自然に思い込んでしまう。だから、一度や二度ふられたってめげたりなんかしない。もう、自分のことなんか棚に上げて、「しょぼい男が」とか「腐れ女が」とか「気取りやがって」というような、その相手にふさわしい罵倒表現をぶつけて収まってしまう。その点でもう、欲望というものは、「私は神だ」を人をして言わしめるようなものなのである。

これに対して、恋愛というものは違う。恋愛というものは、恋愛対象にポーッとなって、その相手を「崇《あが》めたい」と思い「平伏《ひれふ》したい」と思うことをその根本にするものだからである。一見すると恋愛はマゾヒズムと似ているようだが、マゾヒズムはれっきとした欲望だから違う。マゾヒストというものは、世界の中心に立って「私の望むような虐待を与え続けろ」と人に命令をし続ける図々しいものなのである。

これに対して恋愛は、別に相手の前で平伏したり足を舐めたりはせずに、「ああ、私はあの人に比べたら……」という崇拝感情を相手に対して抱くものなのである。「ポーッとなる」ということの内実はこれである。

もちろん現代には、「相手に対してポーッとならない擬似恋愛状態」も存在する。俗に「付き合ってる」と言われるものがこれで、相手にはポーッとならず、「付き合っている自分の幸福」を思う、神なき時代の信者同士の安らぎなのである。欲望というものが「私は神だ」と叫ばせてしまうのに対して、恋というものは、「私は信者だ」を実現させるのだ。相手に崇高な神を発見出来なくても、「あ、私達はお互いに信者だ」ということを発見出来れば、それはそれで幸福なのである。

たとえば、安井貴子が駅前のハンバーガーショップにいる若くて素敵なバイト店員のお兄ちゃんの前で、心持ち目を伏せながら、「あの、ハンバーガーセット。ドリンクはメロンソーダで」と言って頰を紅らめてしまうのは、恋である。世界の中心に立っているのはバイトのお兄ちゃんで、安井貴子は光り輝く神の前で厳かに目を伏せるばかりなのである。

その安井貴子が、「いつもハンバーガーばっか食ってる肉食女と思われるのもいやだしな」と思って、素敵なお兄さんがいる時を見はからって「メロンソーダ、一つ下さい」と伏目がちになって言うのも、恋である。「はい、お待たせしました」と言うお兄さんが差し出す紙コップに手を伸ばして、うっかりお兄さんの指に触れてしまって「あっ……」と小さく叫ぶのも、恋である。しかしその瞬間、安井貴子の方を見てもいないお兄さんのことを、「私の方を見て、やさしい目で私に微笑み返した」などと思ってしまったら、もうこれは、妄想という名の欲望である。

適度な妄想は、人生というわけの分からない道を歩く人間の歩みを助ける杖ともなるが、適量をオーバーしてしまうと、「人生という道を歩く」ではなくて、「人生の一箇所でグルグル回りをし続けるための支えのバット」になってしまう。グルグル回って目も回って、そのままその場に尻餅をついてしまうのである。「自分を中心に世界が回る」になっているのだから、そのことを考えないと目も回ってしまうのである。

「お兄さんが、私の方を見てくれたらいいな」と思うのは恋だが、「お兄さんが私の方を見た、明らかに私の方を見た」と、誰に言うでもなく自分で勝手に強調するようになったら、これはもう欲望の妄想である。

カウンターの向こうのお兄さんがメロンソーダを持ってやって来る前に、別の素敵なお兄さんがハンバーガーショップにやって来て、安井貴子の横に立ってしまったら――そして、「やだ、どうしよう。私の方じゃ知らなかったけど、彼はいつの間にか私のことを意識していたんだわ」なんてことを考えてしまったら、これはもう完全な妄想である。

安井貴子は恋に憧れている。神なんかになりたいとは思っていない。誰かを崇めたい。「崇める人にさらわれて天国へ連れて行ってもらいたい」と思っているのだが、しかし、であるにもかかわらず、誰も貴子の神にはなってくれない。だから「クラゲだらけの海に入って一度も刺されたことがない」ということになってしまうのだが、ここで読者が知りたいのは、「どうして安井貴子は一度もクラゲに刺されないのか?」ということであろう。

その答はやっぱり、「ブスだから」というのではない。それと似てはいるが、安井貴子がクラゲに刺されないのは、「そこに刺すべき相手がいる」と、クラゲの方に思ってもらえないからである。つまり、ブスではなくて、目立たないのである。

ブスとか不美人というのは、逆の意味で目立つ。しかし、安井貴子はブスではなくて、影の薄い「目立たない女」だったのである。その点で、「貴ちゃんは、私と同じように不美人なんだから」と思っていた金坪真名子は間違っていた。金坪真名子は「ブス」と言われるものに該当しておかしくない不美人だが、安井貴子は「まったく目立たない女」だったのである。ブスになるのと、まったく目立たない女になるのと、どっちが悲しいことなのか——作者にはまったく見当がつかない。おまけに、「まったく目立たない女」の常として、安井貴子は自分が目立たない女だということに、気づいていなかったのである。

安井貴子の基準は、金坪真名子にある。「私は真名ちゃんほどに頭はよくないかもしれないが、真名ちゃんよりはまともだ」と、安井貴子は考えている。「真名ちゃんは不美人だが、私は真名ちゃんみたいに不美人ではない。だから私は、真名ちゃんよりもずっと目立っている」と思い込んでいる。金坪真名子を基準にする安井貴子は、金坪真名子に対していかなる劣等感をも抱いていないのだが、そんな彼女には一つだけ間違いがある。それは、世の女のほとんどが、金坪真名子を「女」としての基準にしていないということである。

「女芸人ブーム」というものがやって来る以前、誰も金坪真名子を「女の基準」として考えなかった。それが時代の変化によって、「金坪さんのような一人の女性」という考え方が、ある種の女達の間から生まれてしまう。そういうものも、「女芸人ブーム」の背景にはあるのである。

そういう社会背景的な金坪真名子のことはひとまず措《お》くとして、安井貴子は不美人よりも悲しい「目立たない女」なのである。一人であがいてもどうにもならないし、自分で「私は目立たない女だ」と思ってもいないから、「あがく」という名のアピールもロクにしない。ハンバーガーショップのお兄さんにしてみれば、カウンターの向こうにいる安井貴子は、「なんだかボーッとしたおとなしいものが、うつむき加減で立っている」というだけのものなのである。

しかし、安井貴子はそんなに不美人でもない。目立たない老け顔の地味な女でしかない。「若い女」としてなら不利だが、オバサンになってしまえば「ただのオバサン」で通る、無難な造りの女なのである。だから、なんかの拍子で目立ってしまうと、安井貴子は金坪真名子なんかよりも、男の注目を浴びてしまう。堀端企画のオーディションで安井貴子が男達の関心を集め、金坪真名子に「洗面器で引っぱたいてやろうか」と思わせたのも、そのためである。

だから、同じセックスレスであっても、その性体験の度数は、金坪真名子に比べて、安井貴子の方が三倍も多い。十九年間に金坪真名子のそれが一回であるのに対して、安井貴子は三回もある。おまけに短期ながら、男との同棲体験もある。「安井貴子にはなにもない」と言ったが、ありはしてもそれっきりだから、あったのかないのかも分からないし、いいのか悪いのかも分からない。

同棲体験と言っても、「ありゃなんだったんだろう?」と思うようなもので、不幸な同棲でもなく幸福な同棲でもなかったから、終わってしまった思い出を突つき返しても、なんの役にも立たない。安井貴子は妄想を頼りに生きるしかないのだが、彼女はいたって現実的な女でもあって、想像力が豊かな女ではなかったのだ。だから、頼りの妄想力も、たいしたことはなかった。

道を歩いていてちょっといい男とすれ違ったりすると、「あ、あの彼と私は……」なんてことをひそかに考えるのだが、それが精一杯で、そのようなことを意識的にではなく、無意識的に繰り返すのである。自発的な行動と言えば、女性週刊誌やレディースコミックを買ってスケベな知識を仕入れ、それで達成感を得ることくらいだが、それで足りなければ後は酒である。

そんな人生を歩んでいて、よくもヤケクソになったり荒廃したりしないなと思うのだが、地味な顔をした彼女は、たいした現実対処能力もないのに現実的で、しかも妄想を杖にして生きながらも、「妄想に生きる」ということだけはせず――というか想像力の限界でそれは出来ず、その代わりにずーっと、「恋に憧れる少女」のままだったのである。この件でなにか言うと、「悪かったわね！」と言われて物が飛んで来るから、「そうか――」と言っておとなしくしているのが一番いい。

七　「なんかへんだな」と思いつつ、全能感だけはしっかりとある女達

安井貴子のことを一言で言ってしまうと、「〝なんかへんだな〟と思いながらも、全能感だけはしっかりと持っている女」なのである。だからめげない。「恋に憧れる」ということを自分の中心に置いて、それが揺るがないように鈍感さで周囲を固めると、そういう女になれるのである。

安井貴子は恋に憧れるだけで、自分から「告る《コク》」などということをすることが出来ない。それは、しようとして「あ、あ……、あのォ……」で終わってしまう彼女の消極性によるものでもあるが、本当の理由は、恋に憧れる彼女の前に、「神になってくれそうな男」がまったく現れないところにある。安井貴子は、「これは私の神ではないな」と思い続ける図々しい女なのである。

神がいないのに信仰に生きる――「神なんかいないんだわ」と思って信仰に生きる。

それが「恋に憧れる」ということなのである。「今は神様がいないけど、信仰に生きていればその内に神様が現れて私を守ってくれるから、私はなにもこわくはないわ」というのがその全能感で、この全能感は失恋をしない限りこわれない。しかも安井貴子は、自分の方から「告る」などということをしないから、失恋なんかもしない。だから、「なんかへんだな」と思いつつも、全能感だけはしっかりと持ち続けているのである。

金坪真名子が最初に書いたコントの台本の、「宗教に関心がありますか？」と問われた安井貴子が「ありません」と言って、それからすぐに首をかしげて、「あるかな？」とものほし気に言うという設定も、安井貴子のありようを直感的に把握した金坪真名子ならではのことである。

安井貴子の恋愛願望はガタの来た蛍光灯のようなもので、ずーっとチラつきはしていても、安定的に光ったりなんかしない。だから、稀に起こる「告る」も、「あ、あ……、あのォ……」で終わってしまう。それは、気の弱い女が道を尋ねているのとおんなじ中途半端さなのだが、なんでそんなことを稀にでも安井貴子がするのかと言えば、「やっぱり、なんにもしないでいちゃだめなんだ。告るということもしてみないと」なんてことを彼女が思うからだが、彼女の「告る」は、そうして相手の心を得るというのではなくて、「告るをした瞬間、そこら辺にいる〝ちょっとだけ素敵かもしれない兄ちゃん〟が、私を天国に連れて行ってくれる神に変わるかもしれない」という、なんともあてのない大博奕《おおばくち》なのである。

居酒屋の後ろの席に座った「ちょっと素敵かもしれないお兄さん」に、「あのォ……」と言って、「私の頼んだ漬物、ちょっと多いんで食べませんか？」と差し出したりするのも、その捧げ物によって「ちょっと素敵かもしれない兄ちゃん」が崇高な恋の神に変わるかもしれないと思ってのことなのだが、「あ、どうも」の一言で漬物の皿が後ろのテーブルに移動しても、それ以上のことは起こらない。「クラゲで一杯の海に入っても刺されない女」というのは、そういうものなのである。

では、その同じクラゲで一杯の海に入っても「クラゲを見たことがない」という金坪真名子は、どういう女なのか？　はっきりしているのは、彼女が恋愛に憧れる女ではないということである。憧れようにも、「恋愛」というものがどういうものだか分からない以上、憧れようはないというのが、金坪真名子だからである。

現実の安井貴子は、道で「あなたは宗教に関心がありますか？」と問われることがない。問われるのは金坪真名子で、初めは「私は宗教に関心があるんだろうか？」などと考えたが、先祖のお墓参り以外宗教に関心はないということが分かって以来、きっぱりと「関心はありません」と突っぱねてしまう。そうでありながらも、道を歩いていると「宗教に関心がありますか？」と声をかけられてしまう金坪真名子は、恋に憧れるということを欠落させている、哀しい女なのである。

安井貴子は小学校二年の時、同じクラスの女の子と男の子が手をつないで歩いているのを見て、「いいな」と思った。そうして恋に憧れるようになったから、いまだに安井貴子は「恋に憧れる少女」なのである。

しかし金坪真名子は、そんなものに憧れなかった。「私は真面目に生きて、立派な人になる」ということしか考えなかった。その途中で「恋」という名の蛇にもクラゲにも出会わなかったから、「恋」というものが分からないのである。だから、安井貴子よりは想像力があって、妄想的な考え方をしているにもかかわらず、金坪真名子には「恋愛に関する妄想力」が欠けているのである。彼女はただ、「私は全能だ。全能の方へと一歩ずつ着実に積み上がっている、まともで賢い女だ」と思っているだけで、彼女は世間に当たり前にいる、自立志向のキャリアウーマンと同種の女なのである。

ただ、世間のそうした自立関係の女は、「得られるものならなんでも手に入れる。世間一般の女が持っているものを、なんで私が持たずにいられよう」と思って、至ってストレートに「恋もしちゃう、セックスもしちゃう、結婚もしちゃう、離婚もしちゃう」の欲望の権化になるのに対して、金坪真名子は、「その、恋愛というのは、結局のところなんなの？」と思っているから「欲望のキャリアウーマン」にはなれないのである。

だからこそ謎が生まれる。どうしてその彼女が、ただの一度とは言え、男性経験を持って「処女ではないもの」になれたのかという、謎である。

八　金坪真名子が「処女ではないもの」に変わる道筋

金坪真名子が「処女ではないもの」になれたのは、お笑いの道を志し、堀端企画に所属するタレントとして、テレビに出てしまったからである。なんと彼女は、女お笑い芸人であると同時に、「テレビに出る女子大生」にもなっていたのである。「テレビに出る女子大生」というのは、派手な恰好をしたバカな女子大生である。金坪真名子はそのことを理解して、「私はバカでもないし、いかがわしくも派手な恰好もしていないから、〝テレビに出て来る女子大生〟ではない」と思っていた。もちろん、テレビに出て来る金坪真名子は、芸人のお笑いタレントでしかないから、テレビを見ているだけの人は、誰も彼女のことを「テレビに出て来る女子大生の一人」とは思わなかった。しかし、金坪真名子と同じ大学に通っている学生達にとって、金坪真名子は「本学の女子学生」で、しかもテレビにも出て来るのだから、どうあっても「テレビに出て来る女子大生」だったのである。

金坪真名子は、「テレビに出る女子大生」の同音異義語のような存在ではあるが、それでも「テレビに出て来る女子大生」なのである。その点、それ以前に短大を卒業してしまった安井貴子は、悲しいことに、「テレビに出て来る女子大生」にはなれなかったのである。

金坪真名子が「テレビに出る女子大生」になっていることに気づいたのは、真名子の大学のクラスメイトで、黒縁眼鏡をかけても間延びのした面長で、なんだか分からない山羊のような感じのする、山科という男である。

大学で山科に、「金坪さん、昨日テレビに出てたでしょ?」と言われて、金坪真名子は「ちっ!」と舌打ちをした。「どうして私の人生に名を持って顔を出す男は、お前しかいないのか!」と思ったからである。

あまり言いたくはないが、山科もまた「恋に憧れる男」で、金坪真名子を見た瞬間、「彼女ならあまり競争相手はいなかろうし、同じ眼鏡をかけている者同士で仲良くなれるかもしれない」と思ったのである。

恋に憧れて、しかし憧れるだけだと得るものがなんにもないので、妄想のザラメ砂糖を綿アメ製造器の中に入れ、割り箸《ばし》を突っ込んで恋の妄想綿アメ作りに励んでいるブ男は、想像以上に多い。不細工な女以上にとっても多い。山科もまたその一人だったのである。

妄想を逞しくしてしまうから、山科は当然のごとく、「自分は世界の中心に立っている」と思い込んでいる。その全能感で、「あの女もこの女も俺のもの」と思ってしまっているから、図々しいことに山科は、金坪真名子を「控えのキープの女」だと思っているのである。「もう既にモノにしてあるキープの女だ」と思っているから、金坪真名子にちょくちょく声を掛けたりするのである——この事実を知ったら、金坪真名子は激怒して、その末に暴走する山羊の群れに踏んづけられる夢を見て、激しくうなされることになるだろう。世の中には「知らない方がいい真実」というものもちゃんとあるのである。

そんな山科だからこそ、金坪真名子がテレビに出ていることにすぐ気がついた。それはどうでもいいような深夜のバラエティー番組で、「キャピキャピガールズ」とかいうのとはもう少し違ったへんに化け物っぽい感じのする女の集団がいるその中に、山科が「キープ」と思う金坪真名子がいたのである。

もちろん、金坪真名子はテレビの賑やかしになる女子大生タレントなんかではないので、水着に近い恰好になって集団で手なんかを振ったりしない。それは、安井貴子と二人、初めて「モンスーンパレス」を名乗ってのテレビ出演だったが、安井貴子の何者であるかを知らず、エロ心半分で「いい女いねェかなァ」と思いながら欲情の心で深夜番組を見ていた山科の目には、「水着になった女子大生達の中で手を振っている金坪真名子」というものが、どうしてもチラついてしまったのである。人はそのように、勝手な思い込みで物事を見てしまうのである。

だから当然、「金坪さん、昨日テレビに出てたでしょ？」と言った時の山科の口許には、隠しようのないスケベなねばつきが現れていた。「金坪真名子はテレビに出る女で、金坪真名子を押さえておけば、テレビに出ているもっとおいしそうな女子大生とコンタクトを取れるんじゃないか？」と、山科は考えてしまっていたのである。いかにもありがちな考え方ではあるが、山科はもちろん、金坪真名子を通してコンタクトを得られる若い女が、安井貴子しかいないということを知らなかったのである。テレビを見る山科には、印象の強い金坪真名子の隣に、なんだかボーッとしたあまり美しくないものが映っているようにしか見えなかった——そのボーッとしているところをコンピューター修整をしたら、なんだか幸福なイメージが見えそうな気がしたのである。山科は、自分が幸福そうになるとスケベにしか見えないという、可哀想な男なのである。

「テレビに出てたでしょ？」と言われ、「ちっ！」と舌打ちをした金坪真名子は、胸を張って「出たよ」と言った。恋に対する憧れなんかは持っていない金坪真名子だが、全能感の階段を駆け上って行く彼女だから、それ以外の妄想は一杯持っている。たとえば、「テレビに出たら、たまたまそれをテレビで見ていたアラブの石油王に見初《みそ》められて、結婚を申し込まれてしまうのではないか」などと。

恋に対する憧れなどない金坪真名子だから、彼女に求婚するアラブの石油王は、決して「若くて素敵なアラブの王族の一人」なんかではない。色浅黒くでっぷりと太って妻が何人もいる中年過ぎのオッサンである。そういう男が趣味だというわけではなく、「アラブの石油王というのはきっとそういうもんだろう」と思ってしまうのが、現実的な金坪真名子なのである。

金坪真名子が出た深夜のバラエティー番組は、生放送だった。別に、意図があっての生放送ではなく、ゆるいくくりの番組だから、「その場しのぎの生放送」になっていただけである。その中の「勝ち抜き芸人コンテスト」というようなコーナーに、金坪真名子と安井貴子のモンスーンパレスは出たのだった。

スタジオにいる人間達の評判がよかったら翌週も出られるのだが、モンスーンパレスの評価は、四組の芸人中二番目だった。「だったらまァまァだったのかもしれないな」と金坪真名子はスタジオの片隅で思ったが、相棒の安井貴子は案の定舞い上がって、出番が終わってもまだコチンコチンのままだった。

いつもだったら「あんたのせいだかんね！」と相棒を叱責する金坪真名子も、その日は貴子に当たらなかった。金坪真名子もまた、「自分はついにテレビに出てしまったのだ」と思って舞い上がっていて、安井貴子を罵る余裕をなくしていたのだった。

金坪真名子も安井貴子も、一人暮らしのアパートの部屋にビデオデッキなどというものを持っていなかった。だから幸いにも、二人は、テレビに映った自分達の顔がどんなものかも知らず、「テレビに出てしまった私達は、明日からきっと——」という途方もない夢を見てしまったのである。

安井貴子は、「明日からうっかり、買物にも行けないわ」と思って頬を染めた。金坪真名子は自室で一人になると、口許にタオルを当てて鏡に映し、「自分がチャドルをつけたアラブの女になったらどんなだろうか?」と、具合を見た。繰り返しになるが、金坪真名子には「アラブの石油王の妻になりたい」という希望も願望もない。ただ、「もしそうなっちゃったらどうなるんだろう?」という、現実的な予測感があっただけである。

ところが、一夜が明け「テレビに出た女」という素姓を隠して大学に行ったところ、いきなり「テレビに出てたでしょ?」と言ったのは、山羊みたいな感じのする日本の男だったのである。舌打ちをして「出たよ」と言った金坪真名子は、そのまま黙って教室の方へと向かった。「私はテレビに出た女なのだ。下賤《げせん》の民との接点はない」とばかりにスタスタと歩いた。哀れな山科はその後を、「なんかいいことがあるかもしれない」と思って長い顔を揺すりながらついて行った。もちろん、金坪真名子を「処女ではないもの」に変えた相手は、山科——フルネームで「山科明宏《あきひろ》」なんかではない。金坪真名子が「処女ではないもの」へと進むことが出来たのは、山羊のような山科の力ではなく、金坪真名子と同じ大学にいた、やはり地味な女子大生の働きによるものだったのである。

九　進化するモンスーンパレス

金坪真名子が通っていたのは、東大よりも地味な東京辺の国立大学だった。その大学の同じ学部の隣の学科に、竹富美咲《たけとみみさき》という女子大生がいた。名前の音《おん》だけを聞くと、「それは本州のどこら辺にある岬ですか?」と言いたくなってしまうが、普通の人間の女である。どちらかと言えば、もちろん「地味な女子大生」である。

ただ、竹富美咲は、自分のことを「普通の女子大生」だと思っていた。普通の女子大生による「普通の女子大生」の定義とは、「バカじゃない、派手じゃない、ブスじゃない」の三条件をクリアした、「普通よりは上の女子大生」という矛盾したものである。矛盾をしてはいるが、一億総中流と言われた時代に、日本人はみんなそのように自分のことを「中流」と定義していたのだから仕方がない。竹富美咲も、中流の家庭に生まれた自分のことを「普通の女子大生」と思う地味な女子大生だったのである。

親から「美咲」などという過剰包装的な名前をつけられた竹富美咲は、「自分は十分に普通であるが、なにかが足りない」と思っていた。大学は地味だし、学生は地味だし、結局のところ、そんなにいいことはないしと。その竹富美咲の目に入ったのが、隣の学科の金坪真名子だったのである。

大学三年の春にデビューして、それから一年半、金坪真名子は「テレビに出た女子大生」から、「テレビに出る女子大生」へと進化をしていた。ネタも、金坪真名子がいかがわしい宗教に誘って安井貴子に断られる当初のネタから、金坪真名子のお局《つぼね》ＯＬが、安井貴子の「なにを言っても気が抜けている新人ＯＬ」をいびりまくって、でも一向に効きめがないという新作ネタを加え、更にその進化系である「お局ＯＬが町で新人ＯＬに〝宗教に関心がありますか？〟と誘うネタ」の三つにまで増えた――三つに増えたばかりの、ちょうどいい頃だった。

金坪真名子の考えるネタは、一貫して「真名子が貴子をいびりまくる」というものだった。そのネタは、きちんとした起承転結のまとまり方をしない。いびられる側の安井貴子が一向にピンと来ないので、「やるまいぞ、やるまいぞ」で終わる能舞台の狂言のような序破急《じょはきゅう》形式になってしまうのである。序破急の「急」がモタモタしていてちっとも「急」になっていないのが、モンスーンパレス流である。

安井貴子がとぼけたキャラである上に、一向に演技力を上達させないもんだから、最後は二人でわけが分からなくなって「なんとなく終わる」になってしまう。そのことは、二作目のＯＬネタを作って、やっと分かった。金坪真名子がどのように安井貴子をいびりまくろうと、安井貴子は金坪真名子の言うことを聞いていないのだ。ただ、台本にある自分のセリフを、「私がこれを言うのね？」と言って、「きっかけ」とか「流れ」というようなものを無視して、勝手に言うだけなのだ。緊張して固まっている時は天に向かって、緊張して舞い上がっている時は、男の観客がいるであろう客席に向かって——。安井貴子の中には「相方と息を合わせる」という能力がない以前に、その発想がないのである。

狭いステージに並び立ってコントを熱演する安井貴子は、金坪真名子の方をちっとも見ない。カメラもないのにカメラ目線になって、思いつく限りの自分のセリフを必死になって言うだけなのである。金坪真名子は、堀端企画のオーディションの時に、「おもしろいじゃないか」という声が、自分にではなく、もっぱら安井貴子の方に向けられていた理由に気がついた。下手クソなくせに、コントをやっていると、金坪真名子より安井貴子の方が目立ってしまうのである。

初めは「なんだか安井貴子の方が目立ってしまうような気がする」だけだったが、自分に都合のいい状況を察知する能力だけはある安井貴子は、いつの間にか「コントの流れを無視して自分が前に出ちゃう」という芸風になってしまっていたのである。

内気な安井貴子がそれをするのはいいが、それは「舞い上がっている」という精神状態の時だから、二度と同じことが出来ない。たいした台本を書けもしないのに、「コントというものは練り上げられた完成度の高いものでなければならない」と思い込んでいる、志ばかりは高い金坪真名子にとって、これは大不満だった。

二作目のコントが、自分では「よく出来ている」と思ったのに完成度がそう高くないことに気づいた金坪真名子は、ヤケクソになって三作目の執筆にかかった。それまでは写実主義のコントだったのが、今度は一転してシュールなものになった。なにしろ、社内のお局ＯＬが町に出て、同じ会社の新人ＯＬをいかがわしい新興宗教に誘って、そこから逃げようとする新人ＯＬをいびりまくるのである。三作目を執筆した金坪真名子の胸の中にあったテーマは、「もう知らないから、あんた勝手にやってよ」だった。

そしたら案の定、安井貴子は勝手にやった。出来はどうだったか知らないが、ウケ方はいつもとたいして変わらなかった――つまり、「そんなに受けなかった」である。お笑い界に在籍して二十年近くになり、更にそのキャリアを延ばすであろうと思われるモンスーンパレスは、驚くべきことに、デビュー以来一度も「コントをやって受ける」という経験をしたことのないお笑いコンビだったのである。彼女等は、芸の力によってではなく、「芸人としてはあまりに素人に近すぎる」というヘンさによって、このシビアな世界を生き抜いて来たのである。

しかし、デビューして一年半の金坪真名子は、そんなことが分からなかった。金坪真名子は、「いつもよりいい加減な台本を書いたのに、いつもと同じくらいには受けた」と思った。金坪真名子の「いつもと同じくらい受けた」は、「いつもと同じようにたいして受けなかった」であるのだが、そんなことはどうでもよくて、金坪真名子はその時、「コントというものはシュールである方がおもしろい」という重要なことに気がついたのである。

金坪真名子は、知的な発見に興奮する女である。だから、「そうか、コントはシュールな方がいいのか」と気がついた時に、「私はついにお笑いの法則を自力で発見したぞ！」と興奮したのである。それが、ようやく「処女ではないもの」になろうとする、デビューから一年半が過ぎた二十二歳の秋半ばの頃である。

金坪真名子は「お笑いの法則」を発見したのかもしれない。しかし金坪真名子は物事を順を追って考える、知的で論理的な女なのである。「シュールにすればいい！」と分かりはしたが、「シュールなことを考える力」には欠けていた。そして、「処女ではないもの」になろうとするデビューから一年半の秋の頃は、「やがてコントのネタが発想出来なくなることも知らず、〝やった！〟と金坪真名子が有頂天になっていた時期」なのである。大学のキャンパスを行く金坪真名子には、理由のない「勝利者のオーラ」が輝いていた。それが、「自分は十分過ぎるほど普通なのになにかが足りない」と思っていた竹富美咲の目に入ったのである。

竹富美咲の目に入った金坪真名子は、人に十分自慢が出来る、毛色の変わった珍獣のようなものだった。

竹富美咲は、自分と同じ女子大生でありながら、「テレビに出る」という特殊な属性を持っている金坪真名子を、「よかったら――」と言って、合コンに誘ったのである。なにも知らず、ただ根拠のない自信に満ちていた金坪真名子は、「いいわよ」と言って、地味なくせに欲望たっぷりの「普通の女子大生」からの誘いを受けたのである。

もちろん竹富美咲は、「みんなはそういう知り合いがいないかもしれないけど、私にはちゃんと〝テレビに出る知り合い〟がいるのよ」と、合コンの席で自慢をするつもりだった。そして都合のいいことに、テレビに出る金坪真名子は、「普通」でしかない竹富美咲の美貌を引き立てる、ちょうどいい存在だったのである。

金坪真名子はそうして、「処女ではないもの」へと変わる扉の前へ進んだ。

十　本篇の数少ない「セックスアリ」のシーン

合コンの席にやって来たのは、竹富美咲と金坪真名子と、竹富美咲と同じ学科の友人で竹富美咲よりも地味というかいびつな「普通の女子大生」の女三人と、男が四人だった。本当はそこに、竹富美咲に「合コンやらない？」と言った四人目の「地味な普通の女子大生」もいたのだが、四人の男との連絡係になったその女は、当日急に「叔父さんが急病なの」と言って欠席をした。もちろんそれはウソで、付き合っていた男と不仲になって「じゃ、合コンやってやる！」と思っていたその女のところに、不仲になった男から「ヨリを戻そう」という電話が入っただけなのである。

その事情を知らず、「でも絶対になんかありそう」と思った竹富美咲とその友人は、第四の女の欠席を知って、ちょっとだけほっとした——というのも、その幻の第四の女は、竹富美咲よりもほんのちょっとだけ上の「普通」だったからである。

竹富美咲と、その友人であるちょっといびつな普通の女子大生の猪熊真実子《いのくままみこ》は喜んだ。女三人に対して男四人であって、しかも女三人の内の一人は、珍獣で引き立て役の金坪真名子だったからである。竹富美咲と猪熊真実子の二人は、化粧直しに入ったトイレの鏡の前で、「今日は楽勝ね」と、邪悪な微笑みを交わした。まァ、二十世紀末葉の日本で自称「普通の女」が二人以上集まると、ロクな企み事はなかったのであるが。

しかし、その邪悪な「普通の女」達の目論見《もくろみ》を、天は許さなかった。あきれたことに、その日の男達の中心にいたのは、金坪真名子という珍獣だったのである。

関西とは違って、東京に「若い女のお笑いタレント」というのが数少ない時代だった。ほとんど貴重と言ってもいいような中で、しかも金坪真名子は、「騒々しいのではないか」と思われそうなお笑いタレントのくせに、存外控え目で、物静かでもあったのである。物静かなくせに、その存在感は「普通」を超えて十分に騒々しかったが。

合コンの席にやって来た四人の男は、全男性人口の97%を占める「普通の目立たない男」で、三人が大学生で一人が専門学校を中退したフリーターだった。「普通の目立たない男で大学生」の三人は、普通にちょっとだけはしゃいで、金坪真名子の話す「テレビ界の裏側」や「芸人世界の内実」というものをフンフン言いながら聞いていたが、自ら専門学校を中退してフリーターになった自負心の強い男は、そうでもなかった。寺脇正乗《てらわきまさのり》というその男は、身を乗り出して、金坪真名子の話を聞いたのである。

物静かだったのは初めだけで、自分の話が受けたと思った途端、ゼミの発表で得意になって喋りまくる女子大生のようになってしまった金坪真名子は、寺脇正乗のなにかを刺激したのだった。

フリーターの寺脇は、他の三人の大学生とは違って、ちょっとばかり雄臭かった。ちょっとばかり無精髭を生やしていて野性的《バーグラー》だった。濃い眉の下の目がちょっとばかり鋭くて、気がつくとその目で、金坪真名子のことを、じっと見ているのだった。金坪真名子はうっかり、「私にもその時が来たのかしら」と思った。

一次会はちょっとばかり盛り上がって、しかし竹富美咲と猪熊真実子の二人は、ちょっとばかり盛り下がった。男達の内の学生組は「場所を変えようか」と言って、そうして「普通の女」二人のご機嫌を取り結んだ方が、後の祟りはないのではないかと思った。結果、二次会では、「普通の女二人と普通の大学生三人」の組み合わせと、事態を吞み込んでいるのかいないのかよく分からない金坪真名子と、ちょっと無精髭のバーグラーな寺脇正乗の一対一コンビになった。

二次会の店では、もっぱら酒を飲む。あまりと言うか、ほとんど「酒を飲めない」に近い金坪真名子は、バーグラーな寺脇正乗の横に座って、この男が酒を飲むのをポカーンと眺めていた。そしてその内、平和裡《り》に「もう帰ろうか」ということになった。その日は何事もなかったが、次の日以降に何事かは起こるかもしれないという余韻を残しての別れである。もちろん、余韻だけでなにも起こらないかもしれない。やって来た三人の大学生は、金坪真名子や竹富美咲の通う大学の学生ではなかったからである。

「じゃア」と言って、男四人と女三人は飲み屋の前でモタモタしていた。金坪真名子はそこで、「私、電車大丈夫かしら?」と言った。それは男を誘う声ではなくて、単なる「声に出したひとりごと」である。それを三人の男子大学生は聞かなかったが、フリーターの寺脇はその声を聞いて、「じゃ、俺が送ってってやるよ」と言った。

その声を聞いて、普通の女子学生と普通の男子大学生の五人は、別に目を丸くしなかった。常識からして、フリーターの寺脇と金坪真名子の間に「何事かが起こる」とは、思えなかったのである。その時に初めて「女らしい扱い」を受けた金坪真名子も、あまりにも急な展開なので、「何事かが起こる」とは思えなかった。ただ、「え!?」と思って、ドキドキした。

　恋というものが実現するためには、「ある種の奇跡」を必須とする。恋ではなくても、「恋に近くて似たようなもの」であっても同じである。その夜の金坪真名子は、だから不思議な――たとえて言えば、自分が舞踏会に向かうシンデレラになったような錯覚を感じていた。「じゃァね」と言って合コンのメンバーと同じ電車に乗ったはずなのに、いつの間にかそばには寺脇しかいない。電車を下りて乗り換えのために歩いて行くと、寺脇が、「俺ん家近くなんだ。寄ってく?」と言った。それがあまりにも自然だったので、金坪真名子はコクンとうなずいた。まだ真夜中にはなっていなくて、カボチャの馬車は馬車のまんまだった。

　気がつくと金坪真名子は、寺脇正乗のアパートにいた。「もう遅いから泊まってけよ」とも言われずに、気がつくと男臭い寺脇正乗のベッドの上にいた。そしてしばらくすると、仰向けになって両手で目を覆い、その上に寺脇正乗が乗っかっていた(らしい)。目をつぶっていたので詳しいことは分からないが、Aカップの乳を寺脇正乗に揉まれたような気がした。「なにか」は起こっていたのだが、目をつぶったまま仰向けになっていた金坪真名子は、「なにかが起こる、なにかが起こる――」と思いながら、あまり「なにか」が起こったような気がしなかった。

　しばらくすると、上に乗っかっていた寺脇正乗の体がどいて、狭いベッドの金坪真名子の横で、着実な寺脇正乗の寝息が聞こえた。

目をふさいでいた両手をのけて、暗い中で「何が起きたんだろう？」と思って興奮したが、何が起こったのかを教えてくれる人は寝ていたので、金坪真名子もまたそのまま寝てしまった。

朝になって目を覚ました。気がつくと、ベッドの中の自分は真っ裸だった。「あら、やだわ」と思って辺りを見ると、ベッドの横の時計は六時半を指していた。朝はまだ早いので、フリーターの寺脇は起きる様子もなかった。金坪真名子は一人起き出して、フリーターの寺脇を起こさないようにして服を着た。着ながらやっぱり、「私は全部見られちゃったのかしら？ やだわ」と小さくつぶやいた。それでもベッドの中の寺脇は目を覚まさずにいたので、服を着た金坪真名子は、小声で「また来ます」と言って、一人アパートの部屋を出た。

次の日の午後、金坪真名子はケーキを持って、男の部屋を訪ねた。寺脇の仕事は夜の方が多いと聞いていたので、午後の早い時間なら部屋にいるだろうと思った。

「トントン」とドアをノックすると、中から答える声がないまんま、ドアだけが押し開けられた。

真名子はドアに煽《あお》られるようにして、ちょっとだけ身を引いた。ドアの向こうから顔を出したのはジャージにTシャツ姿の寺脇だったが、なんだか金坪真名子の記憶の中にある寺脇の顔とは印象が違っていた。同じ寺脇だが、なんだかその表情のピントが合っていないのだ。

その寺脇正乗が、金坪真名子が「こんにちは」と言おうとするその前に、目を剥いて「なにしに来たんだ！」と怒鳴った。「二度と来んな！　殺すぞ！」と言って、開けた時と同じように乱暴に閉めた。金坪真名子は、なにが起こったのか分からなくて、その場に立ちすくんでいた。

フリーターの寺脇は、「昨日はなにか、酒の上の間違いを仕出来《しでか》した気がする」と思って眠っていた。ドアをノックされて開けて見ると、「まさか」と思われるような悪夢が「恋する女」の衣装を着て立っていた。「二度と来んな！」は本当で、寺脇正乗は「どこかに魔除けのお札はないか？」と思った。そして、「俺も少し、酒は慎しむべきかな」と思った。

そんなこととは知らない金坪真名子は、「恋をした女の子は、きっとこういうことをするんだわ」と思う通りのことをした。そして不条理にも、即座に拒絶されてしまった。なんだかわけが分からなかった。

そのことがトラウマになって、金坪真名子はずーっと、「男のことが分からない、恋愛ってなんなんだ？」と疑問を抱え続けることになるのである。

第三話
電気ゴタツは安楽椅子の夢を見るか

一　そして作者はあることに気がついた

「初めての男」から理解不能の扱いを受けた金坪真名子は呆然としていたが、そこまで来て、作者もまた呆然とした。うっかりとこの小説の初めに目を向けたら、とんでもないことが書いてあったのである。

《それは「女芸人ブーム」というものが訪れる少し前の、冬のことである。》と書いてあった。自分がそんなことを書いていたのを忘れていた無責任な作者は、その文章を見て、「一体、女芸人ブームが訪れる少し前の〝冬〟になにがあったんだろう?」と思った。《冬のことである》と自信たっぷりに断言しているのだから、その「冬」にはなにかがあったのである。

「なにがあったんだろう?」と考えて思い出せない。普通、小説家が「ある日のことである」などと書いたら、その「ある日」にはなにかがあったのである。「なにがあったんだろう?」と考えて人に聞いても答が返って来るはずはない。それで「なにがあったんだろう?」と一生懸命に考えた。考えて、「あ、そうか——」と思い出した。別にたいしたことはなかったのである。売れない女芸人達が金坪真名子の部屋に集まって、電気ゴタツに足を突っ込んでいたというだけの話だったのである。

それは「女芸人ブーム」というものが訪れる少し前のことだから、女芸人というものはまだおおむね売れないものだった。女芸人ブームにはなっていないが、もうお笑いブームになってしまった後だから、以前に比べれば数ばかりは増えたが、いたとしても人から注目されるわけではない。社会的に見ればいてもいなくてもどっちでもいい種族が、あまり誇りたくはないが女芸人としては「最長のキャリアを誇る」という状態になってしまっていた、金坪真名子の部屋に集まるようになっていた——という話なのである。

まだブームになっていないのだから、女芸人になってもなんのメリットもない。そこであまり誇りたくはない最長のキャリアを誇って女芸人達を集めていたとしても、たいして得ることはないから、金坪真名子は「業界のお局様」や「業界の女帝」にはなれない。ではなにになっていたのかというと、「売れない、もてない、目立たない」の三ない原則を背負った女達を救う「業界のマザー・テレサ」になっていたのである。

まだ日の当たらない女芸人業界では、「寒い冬の夜に道に迷ったら、モンスーンパレスの金坪真名子という者を頼って行け」という言い伝えさえも生まれていたのである。なにしろ金坪真名子の女芸人としてのキャリアは、その時で二十年近くあった。「ある年」に二十年をプラスすれば、金坪真名子がどのような年齢になっているのかは分かる。「その年齢になっても変わらぬ美貌を誇る」というわけではまったくない金坪真名子は、「いかなるヒットギャグを持ち合わせているわけでもないのに、その年になってもまだテレビから消えずにいる奇跡の女芸人」になっていたので、お笑いブームに乗って芸がないのに女芸人になってしまった売れない女達からは、神のように崇められていたのである。

　再びの「なにしろ」付きで、金坪真名子は男に縁がない。テレビから消えずにいるが、さして忙しいわけではない。その暇な時間になにをしていたかというと、「自分がそれをしている」という意識抜きで、昔風の「花嫁修業」をしていた。だから、売れない女芸人がやって来ても「入んなさいよ」と言って、適当に食事の仕度をして食わせてやっていた。あまりいいことがない上に売れないでいる女芸人達にとっては、地獄に仏のような存在である。

　一人暮らしをしているのだから、自分で食事の仕度をしなければならない。金坪真名子はそういう日常的な行為に対して、「ああ、面倒臭い！」と言って手を抜いてしまうような、ズボラ人間ではなかった。「ズボラってなんですか？」と言われても、知らないよ。

母親がしっかりしていたので、金坪真名子の料理の基礎は、上京前の段階で出来ていた。「料理とはするものだ」と思っていたので、一人暮らしの侘《わび》しさではあっても、作り方が分からないものがあると母親に電話をして作り方を聞き、自分で作った。料理が上手かどうかは分からないが、一通りのことは出来てレパートリーも多かったので、腹を減らした女芸人が来て、真名子の作った料理を「おいしい」と言って食べてくれるのは嬉しかった。しかし、別に「人のいいおばあさん」ではないので、「ああ、そう」と言うだけで、「食べに来てくれてありがとう」などという表情は見せなかった。信条として、金坪真名子は「若い時にへんな方向に走ると自己完結をして、他の選択肢が目に入らなくなってしまう」と思っていたから、なににつけても「ほどほど」なのである。

料理は一通り出来て、食べた人間――あまり舌の肥えていない売れない女芸人だが――は「おいしい」と言うのだが、だからと言って「料理のレシピ本を出したい」などというへんな野望は持ち合わせていなかった。家事の一通りは出来たが、喜んでそれをすると言うわけではなく、「めんどくさがってたって、誰も手伝ってくんないんだかんね」と言いながらやっていた。それを言わずに窓拭きなんかをすると、「家事に喜びを見出《みいだ》してしまった独身女」になりそうな気がしてしまうのである。実は金坪真名子には、針と糸によって小さなぬいぐるみや小物バッグを作るというような趣味もあって、「そういうことをやっていると落ち着く」という女らしい一面もあったのだが、そういうことを言うと「女らしいってなんですか！」という抗議の声が上がるご時世でもあり、その「落ち着く」をそのままにしてしまうと「趣味にのめり込む独身女」になってしまいそうなので、彼女にとって「女らしい」の一面は、ある種のタブー状態になっていたのである。

理性的と言えば理性的だが、それはいかにもややこしい不安定状態である。なんで金坪真名子がそんなへんてこりんな平衡状態を意識して保とうとしているのかと言えば、その原因はやっぱりアレである。「へんな方向に走って自己完結をすると見えなくなってしまう他の選択肢」とは、「男」だったのである。

二　中身のないシュークリーム

もちろん、寺脇正乗とのことが、金坪真名子にはトラウマになっていた。トラウマになって、「なんかそんな気もするんだ」と当人が思っているにもかかわらずどうにもならないのは、その夜になにが起こったのかを、金坪真名子がまともに認識出来ないでいたからである。

なにしろそれは「初めての体験」で、人が距離感というものを認識するのに左右両方の眼を必要とするのと同じように、人は一回では「今なにが起こったのか」ということを理解したり記憶したりすることが出来にくいようになっている。それは、初めてジェットコースターに乗せられて「周りの景色がどうなっているのか説明しろ」と言われても、普通の人間にはまず出来ないのと同じである。

人間は、複数回の経験を通じて、「ああ、あれはこうなっていたんだ」というような学習をする生き物なのである。しかし、金坪真名子には二回目がないから、「経験を重ね合わせて、ぼんやりした事態にピントを合わせて認識を得る」ということが起こらない。相方の安井貴子なら、事前にレディースコミック等を読んで予習をしているので、「ああ、これがその状況か」とか「思っていたのとはちょっと違うな」と思ったりもするのだが、金坪真名子にはそれも起こらない。安井貴子が読んでいるレディースコミックを見ないわけでもないのだが、「貴ちゃんが夢中になっているものにロクなものがあるはずがない」と思っている金坪真名子は、レディースコミック中に展開される行為を「我が身の上にも起こりうること」とは思わずに見るので、一向に身にしみず、「予習」なんかにはならないのである。「予習」とは逆に、裸になった女が男と絡み合って悶《もだ》えているのを見ると、どんな女であろうとどんなシチュエーションであろうと「我が事」のようにしてつかまえてしまう安井貴子のことが頭に浮かんで、「バカか」としか思えなくなってしまうのである。

そういう方面の知識に関しては、「どうすれば子供が出来るか」という科学的理解から一歩程度しか出ていない金坪真名子は、そういう事態が起こりうる前には、「キラキラ光る魔法の雲」のようなものが出現するのではないかと思っていた。思ってはいたが、寺脇正乗の部屋へ向かおうとする時に、そういうものが出現し、自分達を包んでいるとは思わなかった。いわく言いがたい「不思議な感じがするな」と思ってはいたが、それがなんだかは分からなかった。仕方がない。

いわく言いがたい「不思議な感じ」は、金坪真名子の認識を曖昧にさせ、なんとなく眠くなるような方向に持って行った。だから、寺脇正乗のベッドの上に横たわった時は、自然に目を閉じて、更にはその目の上を両手でふさいでしまった。それで、いつ電気が消されたのかも分からず、明らかに「女の臭い」ではなく「男の臭い」のする部屋の中で、寺脇正乗がなにをしたのかもよく分からなかった。両目を手でふさいだ金坪真名子は、「なにが起こるのか分からないから、なにが起こったのかが分かるまでじっとしていよう」と思ってそのままの姿勢で身を固くしていたので、なにも分からなかったのである。

その後の経過はご承知の通りで、「恋をした女の子は、きっとこういうことをするんだわ」と思って、小箱に入ったケーキを携えて寺脇正乗の部屋を訪ね、「なにしに来たんだ！」の急転直下の拒絶に出会うこととなる。

まだ若かった金坪真名子にとっては知りようのないことだが、彼女の相手となった寺脇正乗は、その名の通り「正《まさ》しく乗っかる男」だったのである。「正しく乗っかる男」の寺脇は、まだ「テレビに出る女」の上に乗っかったことはなかった。それで、合コンの席に出て来た寺脇は、現物の金坪真名子を目の前にしても、「テレビに出る女なんだ」と思って、特殊なフィルターをかけっ放しにしていたのである。「不幸にして」というか、「幸いにして」というか、寺脇はテレビの中で金坪真名子を見たことがなかった。もちろん、相方の安井貴子のことも。テレビの中で奇声を上げたりへんな顔をしたり、当人はともかくとしてハタから見ればどうしても「ブスキャラ」でしかない彼女達の姿を知らなかったので、「テレビに出て来ればもう少しましになるんだろう」と、勝手に推測していたのである。

その夜、金坪真名子は「恋」という魔法にかかっていたが、相手の寺脇だとて、また別種の魔法にかかっていたのである。「テレビに出る女とやる」という魔法にかかっていて、「でもなんかへんだな」と思ってもいた寺脇正乗の魔法は、金坪真名子より早く、十二時の鐘が鳴る頃には、もう解けてしまっていた。だから、「テレビに出る女」の上に乗っかってしばらくすると、なんだか不思議にやる気がなくなって、そのまま眠ってしまったのである。安定を求め、金坪真名子の体から降りると、そのまま眠ってしまった。初めてのことでなにも分からない金坪真名子は、「これで愛の行為は終わったのだろう」と思って、眠っている寺脇正乗の横で、やっぱり眠ってしまったのである。それを「愛の行為」と言って言えなくもないが、実のところは「なんの行為かよく分からない行為」でもあったのである。

金坪真名子は、なんだか分からないなりにそれを「愛の行為」と解釈して、「恋する少女」の衣装を着てケーキの箱を持ち、寺脇正乗のアパートの部屋へ出掛けて行った。彼女はそのつもりだったが、しかし彼女のファンシーケースの中に「恋する少女」という衣装はなかったのである。哀れなことに金坪真名子は、白々とした現実の中に「不似合い」を通り越した「へんな恰好」で出掛けて行ったのである。もちろん真名子自身は、そこにいかなる「間違い」も存在しないと思っていた。

そして金坪真名子は、男の住む部屋のドアをノックした。金坪真名子が叩き、寺脇正乗が内から押し開けたものは、「ドアの形をした玉手箱の蓋」だったのである。出て来た煙は、寺脇の方にではなく、モロに金坪真名子の方にかかった。そして、「自分はなにかの間違いを仕出来《しでか》したようだ」と思っていた寺脇は、自分の思い込み分だけ、金坪真名子の上にかかっていたフィルターを過剰に引っぺがした。

金坪真名子は、ただドアの前で微笑んでいただけなのだが、寺脇正乗には、それが「助けられたことの恩返しに来たツルの化けそこない」のようなものに見えたのである。

一番いけないのは、寺脇正乗の過剰なる思い込みである。金坪真名子は、なにも間違ったことはしていない。ほんのちょっとの「解釈違い」をしただけである。

この世に「乗るのがすべて」というような男がいるなどと、金坪真名子は思わなかった。金坪真名子の知る「男の欲望」とは、「歪んだ邪な欲望」だけで、「そういうものを持ち合わせている男なら、見るだけで分かる」と思っていた。だがしかしこれは、多くの女が持ち合わせている思い違いで、「好きでもない男の中に存在する欲望を考えると気持ち悪くなる」というようなものでしかないのである。

金坪真名子は、寺脇正乗の中に歪んだ邪な欲望が潜んでいるとは思わなかった。ということは、金坪真名子が寺脇正乗のことを「好きになってもいい方の男」とカウントしていたということで、そこで止まった彼女の理解は、寺脇正乗の中に「乗れればいい、乗るのがすべて」という欲望が（別に隠すつもりもなく）隠されていたというところにまで届いてはいなかった。

だから、よく分からない。寺脇正乗とのことがあって、恋に臆病になったわけではない。その以前から、恋というものがよく分からない金坪真名子は、恋というものに積極的になれない。もちろん、「恋というものがよく分からないから積極的になれない」というのは、遍《あまね》く人の上を覆う法則なんかではない。安井貴子なんかは、「恋なんかよく分からないにもかかわらず積極的に恋と取り組もうとして、たいした成果を挙げられない」である。そういう女が身近にいたからこそ、金坪真名子は恋に対して積極的になれなかったのであるが、寺脇正乗との一件があって以来、彼女は微妙に変わったのだ。「男」というものがよく分からないし、「恋」とか「恋愛」というものがよく分からないことだけは変わりがないが、その彼女は、もう男というものを経験してしまったのである。

　寺脇正乗に「二度と来んな！　殺すぞ！」とまで言われて、ケーキの箱を持った金坪真名子は、アパートの廊下に呆然と立っていた。そして、「ここは立っていると危険な地域だ」と思って退去した。退去した手にまだケーキの箱はしっかりと握られていて、アパートを離れるにつれて晴れやかな気分さえ訪れていた。どうしてかというと、種々の事柄をプラスマイナスして、金坪真名子は、「でも私は、世間の女が経験するようなことを経験したんじゃないか。ああよかった」と結論付けてしまったからである。普通の展開なら、持って行ったケーキは男に拒絶された腹癒《はらい》せに地面に叩きつけられてしまうものだが、自分がケーキの箱を持ったままでいることに気づいた金坪真名子は、それを自分の部屋に持って帰った。帰って箱を開けて、「あら、おいしそう」と思った。「きっとこれはなにかのお祝いだわ」と思って、二つあるケーキの一つを食べた。なんだか豊かな気分になった。

　よく考えたらフリーターの寺脇は、「逃がして惜しい相手」ではなかった。「歪んだ邪な欲望を持った男」とは思わなかったが、それまでのことで、金坪真名子が求める男ではなかったのである。ちょっとしたショックの後で落ち着いたら、そのことがよく分かった。冷静に考えて、それは「負け惜しみ」ではなかった。そしてその冷静なる考えの中から、「相変わらず男のことはよく分からないが、私は世間に引け目を感じる経験ゼロの女ではないのだ」という、勝利の雄叫《おたけ》びのようなものが湧き上がって来た。「ああよかった」とまた思って、残りのもう一つのケーキを食べようとしたが、それをすると「ヤケ食い」と言われるような状態になりそうな気がして、まだ同じアパートの三つ先の部屋に住んでいた安井貴子に食べさせてしまった。金坪真名子というのは、そのような理性的な安定をまず第一に求める女だったのである。

寺脇との一件は、金坪真名子の中に微妙な変化をもたらした。しばらくして気づいたことだが、自分の中に「微妙な空き」があるのである。寺脇との一件は、「男を拒絶する」という方向には働かず、「私にも男が訪れることはあるのだから、待っていれば大丈夫」という方向に作用したのである。

元々金坪真名子は、「自分の人生にいろいろなことがあったとしても、最終的には王子様が現れて、それですべてはOKになる」という原始的な信仰を持ち合わせている女ではあったのだが、そこに案の定「男」というものが現れてしまったので、「ほら見なさい、大丈夫じゃないよ」ということになってしまったのである。

シュークリームがトラウマを抱えると、中のクリームが酸っぱくなったりへんな味になったりするものだが、金坪真名子はそういうシュークリームではなかった。中のクリームが変質しない金坪真名子は、製菓工場に並んで「後はクリームを入れられるばかり」になっていたのに、どういうわけかパティシエがクリームを入れ忘れてしまったシュークリームなのである。変質のしようがない。変質のしようがないまま、中身のないシュークリームは、「へんだなァ」と思いつつも、中身が入れられることを安心して待つようになったのである。

最早金坪真名子は、「男子学生と女子学生が無意味に一緒にいる」などとは考えなかった。「それは理由があることなのだ」という順当な理解をするようになったのだがしかし、人生はまだまだ長かった。女として一歩だけ成長した金坪真名子の前に、「歪んだ邪な欲望を持たない男」は、待てど暮らせど現れなかった。現れないわけでもなかったが、それは目の前を通り過ぎて行く大勢の人達の中の一人でしかなかった。

現れないものは現れないので仕方がないのだが、腐りやすい中身を欠落させているシュークリームの彼女は、あきらめなかった。生きた食品見本にもならなかった。生きることに関して前向きで、ともすれば自己完結に陥りがちな生活習慣の中で、「一定の限度を超えてなにかに熱中すると、他の選択肢が見えなくなってしまうからだめ」という理解を獲得して、「何事もほどほどにするのがよい」という境地を獲得してしまっていたのである。

三　金坪真名子の回心

「元々自分はそうだ」と思っているので一向に不思議がらないが、金坪真名子は「女らしいこと」が好きなのである。勉強も好きだったが女らしいことも好きで、「女らしさってなんですか！」という抗議の声が飛んで来るご時世であることも承知してはいたが、「別に人に押しつけてるわけでもないからいいじゃない」と思って、「女らしいこと」を好きであるままにしていた。

悲劇というのはそこで、「女らしさの押しつけ」もせず、「私は女らしい！」というアピールをすること自体が女らしさのあり方に反するということも知っていた金坪真名子は、「自分は女らしいことが好きだ」というアピールなんぞもしなかった。その結果、当たり前に黙々と女らしかった金坪真名子は、「女らしいことが好きな女らしい女」であることを誰にも気づかれず、そのことによって「家事に自己完結する女」になる危険性だって孕《はら》んでいたのである。

炊事も掃除も洗濯も苦にはならない。さっさと片付ける。さっさと片付けてしまうと、「終わった」という空虚に近い達成感に見舞われることもある。だから、「もう少し手をかけて──」という欲望に襲われそうにもなる。そんなもんだから、金坪真名子はやるべきことを決めて、さっさとそれだけを片付けて終わらせることにしている。「やるべきことをやらないと、人間はだめになってしまう」と思い、誰もいない部屋の中で「めんどくさがってたって誰も手伝ってはくんないんだかんね」などと自分に言い聞かせているのは、うっかりするとそれにのめり込んでしまいがちな自分を牽制《けんせい》するためなのである。

なんでそんなめんどくさい考え方をするのかというと、それはそもそも、金坪真名子の中に「いいお嫁さんになって幸福になりたい」という願望がないことに由来する。それをするのは自分のためなのである。料理以下の家事が出来ることが「いい妻になるための条件」なら、そんなものはみんなクリアしている。だから金坪真名子は、「いいお嫁さんになるために料理を習う」とか「家事万端が大丈夫だからいつでもお嫁に行ける」と思っている女を見ると、「バカじゃないか」と思って腹が立つ。金坪真名子は、いいお嫁さんになるために自分の部屋の掃除をしているわけではないし、そもそも「家事をする」ということと「結婚」ということが、彼女の中で一つにならないのである。それを言うなら、「女らしいことが好き」ということも、「結婚」とは結び付かない。つまりは、自分で好きだからやっているのであって、だからこそそれを人に押しつけようという気もなかった。

人に押しつける前に、金坪真名子が昔ながらの「女らしいこと」が好きな女で、昔風の「女らしい女」だということを誰も知らない。「誰も私のことを知らないんだ」と気づいて、賢明なる金坪真名子は、「これって、自己完結への道ではないか？　このまま行くと自己完結しか待っていないのではないか？」と思った。いつの頃かというと、テレビ番組にレギュラーの座を獲得して、「金坪真名子」という存在が認知され、「まァまァこの世界でやって行けるな」という自信がついた後の、三十の坂を越えた頃である。

金坪真名子は、「自分は頭がいい」と思っていて、「自分は一番頭がいい」と思っていた。「頭のいい人の世界ではそうじゃないだろうけど、ここでは一番頭がいい」と思っていた。「ここ」とは、きれいなだけで頭の中がバカだったり根性が悪かったりする女がチヤホヤされている「テレビ局の中」である。

テレビ番組にレギュラーの座を獲得するまでの数年間と、レギュラーの座を得てからもしばらくの間、金坪真名子と安井貴子のモンスーンパレスの女二人は、「営業」という名の地獄巡りをやらされていた。「営業」は芸人の必須だが、それがなぜ地獄かと言えば、社長の堀端任三郎に「おもしろいじゃないか」と言われてデビューはしたものの、モンスーンパレスの二人が、地方ではまったく受けなかったからである。

堀端企画に芸人達の出演を要請して来る営業先のクライアントは、もちろんモンスーンパレスを名指しで依頼なんかしない。「適当に見つくろって、おもしろそうで、あんまり高くないのをパックで」という、なにが入っているのか分からない「お笑い福袋」的な注文をして、モンスーンパレスの女二人は、「一応テレビには出てますが」という言い訳付きで、その福袋の中に入れられるのである。入れられて、その福袋から出されると、ちっとも受けないのである。

当人達が自覚しようとしていまいと、モンスーンパレスは「ブスキャラ」を売り物にするコンビである。テレビ局の中にはあまり「ブス」と呼ばれるような女達がいないので、とりあえずは目立って珍しがられるが、テレビ局から離れれば離れるほど、「ブス」とカテゴライズされても不思議のない人間は当たり前に増えて、客席の拍手に答えて出て行って「どうもォ」と言った時には、もう客の反応は冷めきっている。金坪真名子も安井貴子もリズム感というものを持ち合わせていないので、客を乗せるような「どうもォ」が言えないのである。

ひどい時には、出て来た瞬間に拍手はなくなって、客席は冷えきっている。その大ハンデの中でモンスーンパレスの二人はコントをやるのであるが、金坪真名子の考えたコントは「都会的」でもあって、観客席に屋根のないお祭りの簡易屋台の舞台みたいなところでやっても、まったく受けないのである。

水商売関係の営業なんかだと、いきなり「出て来んじゃねェ！」である。おまけに、金坪真名子も安井貴子も演技力がないので、コントを盛り上げて受けるということが出来ない。客席のオッサンが「タコ踊りでもやれ！」と野次っても、昭和が終わった後の現代に生きる娘二人は、「タコ踊りってなんだ？」と顔を見合わせるばかりだからどうにもならない。冷静なる金坪真名子ならば、「客のレベルが低くてバカだからやる気にならない」とごねたりしてもいいのだが、しかしデビューしてからまだ数年の金坪真名子は、「受けないのは自分達のせいだ」ということを、悔しいけれど理解していた。

堀端企画に「大物芸人」というのはいないのだが、稀にそれに近いような扱いを受ける芸人と一緒に、観客席にも屋根のあるナントカ市民ホールの類に前座として出演させられると、その客席を覆う天井の広大さに圧倒されて力が入らなくなってしまう。ところがテレビ局のスタジオというのは、金坪真名子を萎縮させる以上のような要素がないのである。

スタジオには番組スタッフがいて、金坪真名子のやることがうまく行くように見守ってくれている。スタジオの天井も高いが、ライトがぶら下がってその高さを割り引いてくれるので、広大な空間で空回りするような恐怖を感じなくてすむ。おまけに台本は、「えーと」と言って鉛筆の先を舐めながら自分で書いたものではないので、「これで受けなかったらどうしよう――」などということを考える必要がない。そして、これがもしかしたら金坪真名子をのびのびと動かした最大の要素だったかもしれないが、バラエテイー番組のレギュラーになった彼女の横には、安井貴子の姿がなかった。安井貴子は、地獄巡りのような「営業」には堪えられず、テレビスタジオの中でも自分があまり優遇されていないことを理解して、モンスーンパレスを解散しないまでも、「ちょっと私、休みたい」と言って、芸人活動から遠ざかってしまったのである。

金坪真名子は、安井貴子を励まして引き止めようと、少しは考えたけれども、「やっぱり貴ちゃんは才能がないんだ」と正直に思って、「もう少し頑張ろうよ、頑張ればなんとかなるよ」とか、「大丈夫、貴ちゃんにだって才能があるんだから」というような嘘がつけずにただ「そうする？」と言って、安井貴子の脱落を認めてしまったのである。

改めて金坪真名子は、一人ぼっちになった。しかもそこは「きれいなだけで頭の中がバカだったり根性が悪かったりする女がチヤホヤされているテレビ局の中」だった。安井貴子という衝撃緩和装置を失った金坪真名子は、ギスギスイライラするようになった。「この仕事は自分に合っている」と思い込んで、仕事に対して一層の精進をするようになった。そうでもないとやっていけないので、仕事にのめり込んだ。「金坪真名子」という男に縁のなさそうなキャラは明確になり、それなり以上の成果は挙げたが、と同時に忍び寄る孤立を感じるようにもなった。

なんで金坪真名子がそれを感じるようになったのかは、多言《たげん》を要さない。不必要なまでに「美人」とか「可愛い子」とか「きれいな子」が多い中で、男達の視線もそっちへ行ってしまう中で、金坪真名子はそうではなかったからである。しかし、「ここが自分の職場だ」と思いそこから逃げる気のなかった金坪真名子は、「みんなバカばっかり」というバリアを張った。職場は戦場だった。「私はここでは一番頭がいい」と思うことによって孤立をまぬがれようと思う金坪真名子は、たった一人で城塞《じようさい》を守る孤独な狙撃手《スナイパー》だった。考えてみれば、金坪真名子にとって、それが一番つらい時期でもあった。

番組の収録が終わると、さっさとスタジオを後にした。スタッフとも共演者とも、付き合うということをしなかった。何年もそのままに過ぎて、ある日の収録が終わった後、長いこと番組で共演していた「きれいな女の子」から、「金坪さん、たまには一緒にご飯行かない？」と誘われた。金坪真名子はそれに対して「いいわよ」と言った。三十の坂を越して間もなくのことである。

四　マザー・テレサへの道

金坪真名子が「いいわよ」とあっさり答えてしまったのは、「どうしようかな？」と考えて、断る理由がなにもなかったからである。

何年もブスキャラを演じて来て、そのことに慣れてしまった。慣れて「取り返しのつかないブス」になってしまったわけではなくて、ブスキャラを演じ続けることで、「私は別にブスではない——」という、当たり前のような自信が生まれてしまったのである。「すべては時が解決する。だからすべてを時に委《ゆだ》ねよ」というのは真実でもあって、なにも考えず、「すべてを時に任せる」という考えもなく意固地になって生きて来た金坪真名子は、気がついた時、「別にガードする必要もないな」という境地に至っていたのである。

それまでは、「日の当たらず目立たない不細工女の金坪真名子」だったかもしれないものが、ただの「不細工キャラを演じているだけの金坪真名子」へと変わってしまったのである。

「たまには一緒にご飯行かない？」と誘われて「いいわよ」と言ってしまった金坪真名子は、しばらくして、それまでの自分自身の生き方が「自己完結への道」だったのかもしれないと気づいた。

ホントにそうだったのである。ブスキャラを演じ続け、「私はブスなのではない、ただブスキャラを演じているだけなのだ」という理解を得た金坪真名子は、そこに至るまでに「ブスキャラを演じる」という仕事に打ち込み過ぎて、「私から仕事を取ったらなにがあるの？」という状態にまで進んでいたのだ。気がつけば三十を過ぎて、仕事の方は順調に進んでいたが、「その仕事を取ったら自分にはなにがあるの？」ということになっていた。仕事を持つOLによくある悩みではあるが、金坪真名子とて「仕事を持つ女」だから、そういう悩み方をしても不思議はないのである。

悲しい誤解というのは、「金坪真名子」としてその存在を認知されて来た金坪真名子があまり「仕事を持つ女」だということが理解されず、ただ「テレビに出て来るブスの女」と思われてしまっていたことである。それでは、酔いから覚めた寺脇正乗の認識から一歩も出ていない。金坪真名子は「仕事を持つ女」で、「私から仕事を取ったらなにがあるの?」と悩むキャリアウーマンの一人だったのである。

「たまには一緒にご飯行かない?」と、男ではなく、「きれい」のカテゴリーに属すると思われるような女性タレントに誘われて、それは「たまに」ではなくて「初めて」ではあったけれど、「いいわよ」と答えて一緒に食事をしに行って、一緒に普通に話もして、「金坪さん、普段なにしてるの?」「別に、なんにもしてないわよ」「付き合ってる人いないの?」「いないわよ」「ふーん、じゃ退屈じゃない?」なんてことを言われてからしばらくして、金坪真名子は、「もしかしたら、私から仕事を取ったらなにもないの?」という気づき方をした。

人間には「すぐに気がつく」と「しばらくしてようやく気がつく」という、気がつき方の二パターンがあるが、なんでもせっかちにすぐ「分かった」と思いがちな金坪真名子にとって、重要な理解というものは「しばらくたってようやく訪れる」というものなのである（そんな女を主人公にしてしまったおかげで、この小説は意味もなくダラダラと長い）。

「自分から仕事を取ったらなんにもないかもしれない」と思った金坪真名子は、「人と付き合う」という方向へ人生の進路を向けた。よくある「自分探しをする」という方向には進まなかった。進んでくれれば、小説的な違った展開もあって「純文学」になったかもしれないが、そんなことはなかった。金坪真名子がどうして「自分探し」をしなかったのかというと、探すまでもなく彼女に「自分」ははっきりとあって、その「自分」が一人ぼっちであることを「やばい」と思ったからである。探すのは「自分」ではなくて、「他人」だった。

金坪真名子は、すぐに番組で共演しているその女性タレントと仲良くなった。その女性タレントは、金坪真名子とはそう年が違わないはずだが、あきれたことに金坪真名子は、何年も同じ番組で共演していた彼女の年齢を知らなかった。「そう若くはないはずだが」と自分を基準にして考えて、そのくせ十分に若く見える彼女に「付き合ってる人っているの？」と言ったら、「いないよ」という答が返って来た。「こないだ逃げられた」と、いともあっけらかんと言われた。

金坪真名子は、「なーんだ」と思った。若くてきれいな彼女だから当然恋人はいるんだろうと思ったら、いなかったのである。そのいなくなり方も「拒絶されて向こうが遠ざかる」といういなくなり方だった。「なんだ、私とおんなじじゃないか」と、金坪真名子は思ったのである。

男女間のことに興味はあっても、その関心を露骨に示すことは女の公序良俗に反することだと思っているのが金坪真名子なのだが（正確には〝だった〟のだが）、どうしてそれまでロクに口をきいたことのない相手に「付き合ってる人っているの？」などというあけすけなことが聞けたのかというと、その前に向こうから「付き合ってる人いないの？」と聞かれ、「いないわよ」と言って、「じゃ退屈じゃない？」と言われたからである。そのまま放っておくと、話は「金坪さんの内面」の方に進んでしまいそうだった。それを防ぐために、逆に金坪真名子は「付き合ってる人っているの？」と聞き返したのである。自分の内面に立ち入られることが嫌いな金坪真名子は、自分の中に立ち入られなければ、大抵のことはＯＫなのである。

共演の女性タレントと仲良くなった金坪真名子は、同じ番組に共演する男性タレントというか、同年代のお笑い芸人達とも仲良くなった。別にむずかしいことではない。それまで彼女の方で一方的な壁を作っていただけなのだから、それを壊して「お疲れさま」とかを言えば、もう仲良しなのである。

「芸能界の女性タレントは、みんなもてている」と勝手な錯覚をしていた金坪真名子は、当然のことながら番組で共演する男のお笑いタレントを、「歪んだ邪な欲望を持つ者」と考えていた。それはまさにその通りなのだが、同じ番組で共演するお笑いタレントの歪んだ邪な欲望は、彼女の方に向けられてはいなかった。それでまたしても金坪真名子は「なーんだ」と思った。「歪んだ邪な欲望を持つ男」から「歪んだ邪な欲望」を除いたら、残るのはただの「バカ」である。金坪真名子はまたしても「なーんだ」と思い、「職場の同僚」でもある彼等に対して、「そういうことをするんじゃないの」という説教をする「お姉さん」のようになってしまったのである。

金坪真名子の演技力は素人並みだが、集団の中で自分にふさわしいキャラクターを見つけると、自然にはまる。小学校の時からクラスのお姉さん的存在で、ついにはクラス委員にまでなってしまった金坪真名子にとって、共演者チームの中でお姉さん的存在になるのはうってつけのことで、恋愛経験もないくせに失恋した女性タレントの身の上相談に乗るなどということもしてしまったが、よく考えたら、「自分から仕事を取ったらなんにもないかもしれない」と思ってしまった金坪真名子は、マザー・テレサのような無償の愛に生きようというつもりも別になかったのである。

五　笛を吹く金目鯛《きんめだい》

謎のヴェールに包まれていた金坪真名子の私生活が、次第に周囲に漏れ出して来た。三十を過ぎた金坪真名子には、男がいないのである。しかも、ずーっとなのである。「あららら――」とは思ったが、周囲は別に驚かなかった。なぜか納得してしまった。そして、その金坪真名子が処女ではなく、過去に於いて男性体験があると知って、なぜか知らない、周囲は驚いた。

「あーあー」と思って、更にそのことを詳しく聞こうとしたが、それは当人にとっても「詳細不明」のことだったので、知りようがなかった。「分かんないのよ」と金坪真名子が笑いながら言ったので、周囲の面々はなごやかな声を出した。金坪真名子のキャラが明白に深化したのは、それからである。

それまではブスキャラがメインで、「もてない」というのは付随する属性のようなものだったが、その時から「もてないキャラ」がメインで、ブスというのはおまけのようになってしまったのである。

それまでの金坪真名子は、「私はブスじゃないもの」と思いながらブスを演じて来た。その結果、金坪真名子の演じるものは「ぎこちないブス」になっていたのだが、「もてない」というのは本当だった。「もてない。そしてついでだが、ブスかもしれない」というのは、彼女の実像だったのである。そのように、演じるキャラが自分に接近して来て——というか「今更それを隠したってしょうがないじゃない」ということになってしまって、彼女はふっ切れてしまったのである。

ただの「ぎこちないブス」に、「この世のすべてを呪うような意地悪さ」が加わった。その芸風は彼女本来のキャラに根差していたので、他の追随を許さなかった。そこでもう彼女は「ただの女お笑い芸人＝ブス」という単純な図式から抜け出していた。「芸のない女芸人が不細工を売り物にして笑いを取る」というのではなくて——もっとも金坪真名子は初めからそれをやっていたわけではないが——彼女自身を「芸はないがそのままでも笑いが取れるような、笑いが取れなくてもそれでなんとかなるような特殊なキャラの持ち主」に変えてしまったのである。意図的に変えたというよりも、いつの間にか変わっていたのではあるが、そのことによって金坪真名子は、「芸はないがキャラクターでなんとかなっている芸人」の第一号的存在になってしまっていたのである。

金坪真名子は、スタジオでのトークの最中に、遠慮なく人を睨《にら》みつけて、「金坪さんが睨んでいる」と言われて笑いを取れるようになってしまった。「もてない自分」をあからさまに訴えて、そのことによってトーク番組のコメンテーターにさえなってしまった。もちろんそれは、「もてない」の現場から生の声を放って、番組の公正中立性を保つためである。

そのようになって、金坪真名子はめげなかった。傷つきもしなかった。よくしたもので、すべての事態にはどこかに「救い」が隠されているのである。

女が二十代で「男にもてない」と言うと、必ず「どうして？」とその理由を聞かれるのである——分かっているくせに。

二十代で「もてない」と言うと、その原因究明が叫ばれて、様々の役に立たない体質改善法が提案されるのだが、三十の坂を越えてしまってからの「もてない」になると、原因などは探られず、「それは大変」という現状ばかりが問題にされ、体質改善ではない、手っ取り早い対症療法が考えられるだけになる。「二十代のもてないはさんざっぱら突っつき回されるが、三十代のもてないは放っておかれる」ということである。三十の坂を越えてしまった金坪真名子は、「もてない」という表面的な状況を問題にされるだけになって、自分でも「あんまり立ち入りたくないな」と思われる「内面」に、立ち入られることがなくなってしまったのである。

性根《しょうね》の悪い女は、テレビカメラが回っている公の場であっても、「もてない」を自分の表看板にしている金坪真名子に、「ホントにもてないの？」としつこく迫って来るのである。「ホントはもてるんでしょ？　女なんだからもてないなんてことはないはずよ」などという、あまりにも明からさまな詭弁《きべん》を弄《ろう》して、金坪真名子をいじめに来るのである。そういう根性の悪い女は、「ブスなんか私の目の前から消えればいいのよ」と思っているから、容赦というものがないのである。

しかし、金坪真名子も「もてない」ということに関しては百戦練磨だから、そういう場合の対処法を心得ている。そういう時は、「いかにもあなたの言う通りです。悲しいくらい私は男に縁がないのです」と言って泣いて、そのままケロッとしていればいいのである。金坪真名子の立場に賛同する女はそんなに多くもなかったが、「おためごかし」をする女が嫌われる確率はすごく高かったので、「不幸な境遇に立脚する金坪真名子の泣き芸」は、少しずつ支持率を増して行ったのである。

まことに「おためごかしの女」というものほどロクなものはない。かねがねそうは思っていて、しかし「おためごかしの女」と接する機会がないままにいた金坪真名子は、「三十を越してもてない女」にふさわしい「薬」を持って現れた女にふり回されて、ロクでもない目に遭うのである。

赤坂紅子《あかさかべにこ》という、ひたすらに真っ赤な芸名を持つ女性タレントがいた――今でもいるが。幼い金坪真名子の開いた目がテレビの画面に向けられる前からテレビに出ている赤坂紅子は、なにがおかしいのか、テレビの中でいつも笑っている。見ていてもちっともおもしろくないのだが、いつも大口を開けて笑っている赤坂紅子は、お笑い芸人ではなくして大物芸能人で、金坪真名子は、なんで赤坂紅子が大物芸能人なのかが分からない。ただの「押しつけがましいオバサン」でしかないのだが、その赤坂紅子が、一面識もない金坪真名子に対して何をどう聞きつけたのか、「金《かな》ちゃん、だったら私がいい人紹介して上げるわよ」と、三十過ぎてももてない女に対する有効な対症療法を携えて現れたのである。

金坪真名子は「嬉しい」と思うより先、不吉なものを感じた。金坪真名子のことを「真名ちゃん」と呼ぶ人間はいるが、初対面でいきなり「金ちゃん」はない。真っ赤なのは名前だけではなくて、口紅も赤いし頰のシャドーも赤い。着ているものも、真っ赤っ赤ではないが、基調となるのが赤で、そこにピンクがあって、金のアクセサリーがジャラジャラしている。厚いファンデーションが埋めきれない皺《しわ》の中に、でかい眼がどこを見ているのか分からない感じで前を向いている。口はでかくて、口許の皺は深くて、金坪真名子は「金目鯛みたいだ」と思った。

出演終わりのテレビ局の玄関先で待っていると、黒塗りのハイヤーが停まって、中から運転手が迎えに出て来た。乗せられて連れて行かれたのが西麻布のイタリア料理店で、そこに待っていたのはどう見ても二十代前半のイケメンで、舞台俳優だと言った。

店の奥の方に座っていたが、紹介される前から、金坪真名子は「うわッ!」と思った。若いイケメンに特有のオーラが、辺りをボーッと光らせていたからである。見るより早く、金坪真名子は「どう考えても不似合いだ」と思った。「〝いい人紹介して上げるわよ〟と言って、こんな不似合いな上物《じょうもの》を連れて来たってしょうがないじゃないか」と思った。「なに考えてんだ？」と。

輪島謙人《わじまけんと》と名乗るその若者は、金坪真名子より十歳も年下だった。改めて「なに考えてんだ？」と、赤い唇の金目鯛の方を見た。

当然、話なんかは盛り上がらない。「おとなしいのね金子《かなこ》ちゃん」などと余分な間違え方をして、金目鯛は一人で喋っている。輪島謙人の方は年のわりに落ち着いていておとなしく、それを見ても一向にポーッとならない金坪真名子は、「なんでこの人はこんなところに来たんだろう？」と思った。金目鯛によると、彼は「才能のある舞台俳優」だという。「へー」と思いながら、金坪真名子は「そういうのをこのオバサンはどこで見つけて来るんだろう？」と思った。

あまりにも落ち着かない時間が過ぎ、食事が終わって「ちょっと失礼」と言った金目鯛がトイレへ化粧直しに行ってそのついでに勘定をしに行った隙に、金坪真名子はテーブルに身を乗り出すようにして、輪島謙人に尋ねた。

「輪島くん、私なんかと本気で付き合う気なんてあります？」

おそらく、それを言う金坪真名子の表情は、輪島謙人には緊張感のないマヌケなものに見えたのだ。

輪島謙人は笑いながら、ちょっと下を向いた。

「正直に言っていいのよ」と、金坪真名子は言った。更に「そんな気なんてないでしょ？」と言った。

下を向いていた輪島謙人は顔をちょっと上げて、笑いながら「はい」と言った。

二人は初めて意気投合したのだった。「ああよかった」と思って、金坪真名子は輪島謙人と顔を見合わせて笑った。

輪島謙人は、店の前で「ごちそうさまでした。失礼します」と言って帰って行った。その姿が消えると、その場に立っていた金目鯛は「どうォ？」と金坪真名子に感想を求めた。金坪真名子は「若過ぎません？」とだけ言ったが、赤い唇の金目鯛は、「そんなことないわよ」と言った。

金坪真名子は控え目な皮肉を言っただけのつもりだったが、そんなものは利かないらしく、「なんかへんだな」と思って見ると、赤い唇の金目鯛は、輪島謙人の去った方をまだ見ていた。金坪真名子は、「自分に比べて彼は若過ぎません？」と言ったつもりなのだが、不気味な金目鯛は、どうも「あたしと比べて彼が若過ぎるなんてことはないわ」と思っているようだった。

しばらくして、金目鯛から電話があった。「彼とはどうォ？」と言うので、「どうともなりませんよ」と、金坪真名子は答えた。電話の向こうの金目鯛はそれで納得する様子もなく、「どうともならない二人」のその理由を知りたがっているみたいだった。

それで金坪真名子は、「やっぱり若過ぎるでしょう」と言った。電話の向こうの金目鯛はなにやら計算をしているようだったが、すぐに「そう?」と言って、「だったらまた別のいい人紹介するわ」と言って電話を切った。どうしてだか知らないが、金坪真名子はその金目鯛の声に、少しばかり期待をした。

次の見合いの場所は麴町《こうじまち》にあったヴェトナム料理店で、そこに待っていたのは輪島謙人ほどではないが、どう見ても二十代中頃くらいの若者だった。金目鯛の解説によると、二十六歳のイケメンでもある彼は「よく行く花屋の店員さん」なのである。輪島謙人のおかげで若いイケメンに対する免疫がちょっとばかり出来た金坪真名子は、少しばかりポーッとなりかけたが、金目鯛の説明を聞くやいなや、「このバーさんはなに考えているのだろう?」と思った。どう考えても、自分が見つけて来た可愛い男の子を、金坪真名子を口実にして引っ張り出しているだけなのだ。「私なんかじゃ餌の役にも立つまいし」と、金坪真名子は思った。

二度目があったので三度目もある。「どうも金子ちゃんは男の人と二人だと緊張しちゃうみたいね」と、どうしても金坪真名子の名前を正確に覚えられない金目鯛は言って、「今度は気楽なお食事会にしましょ」と言った。

「一対一ではなくて、気のおけない男の人が何人も来るから大丈夫よ」と言われて、赤坂の高級中華料理店に行ったら、とても美しい女のような化粧をしている芸能界でも有名なおネェ系タレントと、あっちの世界で働いている性別だけは男の人が二人もいた。

「大勢の方が楽しいでしょ」と金目鯛は言って、個室の中はそれはそれは騒々しくなった。金坪真名子と三人の戸籍上の男は「もてない女」という名の神輿《みこし》を陽気にかつぎ、赤い唇の金目鯛は、まるで「ピッピッ！」と笛を鳴らすように、これを陽気に囃《はや》した。

「男運のない女」という立場を共有することによって、金坪真名子とおネェ系タレントの男は意気投合したような形になって、「また一緒にご飯しましょうねェ♡」ということにはなったが、すぐには事態を把握することの出来ない金坪真名子は、しばらくしてから情けない思いで事態を把握した――「やっぱし私は女なんだしさ、あの人達と同種に扱われるのっておかしくない？」と。

「あの人達とどう違うの？」と問われて、「だって、あの人達やっぱり男だしさ、肩幅広くてすごく大きいんだよ」としか言えないところが哀しい、金坪真名子であった。

六　綿菓子製造機と一本の割り箸

大筋ではなにも変わらない中に色々の細かい変化があって、大筋ではなにも変わらないくせに様々の変化を遂げた金坪真名子は、気がついたらまた元の状態に戻っていた。

赤坂紅子の一件以来、「いい人紹介して上げるわよ」というものがまったく信用出来ないということがはっきり分かった。男とか恋愛とか、そういう方面に於いて「ポジティヴな発想をする」というのがどういうことか分からないのが金坪真名子だから、考え始めると、どうしてもネガティヴな方へ行ってしまう。「一体〝いい人〟ってなんだろう？」とか、「私をどういう女だと思って〝いい人〟なんてことを言うのだろう？」とか。

それに関する金坪真名子の結論は、「ひどい男を連れて来ると、〝これがあんたにお似合いよ〟と言ってることになるから、それで遠慮して、あまりにも不似合いなイケメンを連れて来るんだろうな」だった。そういうことを分かってもあまりいいことはないのだが、そういう風な分かり方が出来てしまうのだから仕方がない。「どうせ私のことなんか誰も分かんないんだからサ」と思いながら、再び自己完結の危険性のある道へと戻って行った。

「男」ということになると、「似合うか、似合わないか」という問題も浮上して来るが、自分の趣味となると、「好きなんだからどうでもいいじゃないか」になってしまう。金坪真名子は、細々《こまごま》とした女らしいことが好きなのである。家事全般を面倒臭がらず、「私はいいお嫁さんになれるのよ」と人には言いながら、実のところ「家事が出来る」

ということと「結婚出来る」ということを一つに結び付けて考えようとはしない金坪真名子は、結婚よりもまず、「女の子らしい甘い夢に包まれてみたい」と思っているのである。そのことが第一だから、「甘い夢」に包まれたその先に結婚があるかどうかなんてことは、どうでもよくなってしまうのである。

金坪真名子は、継母にこき使われていたシンデレラが王子様のところへ行かれたように、家事という苦役に従事しているといつか「王子様とダンスが踊れる」という甘やかな夢の中に行けるのではないかと思い込んでいるので、家事というものが具体的な結婚と結び付かないのである。

たとえて言えば、金坪真名子は一本のさえない割り箸である。男というものは、スイッチを入れると「ウィーン」と言って回り出して、甘い綿状のものを発生させる綿菓子製造機である。金坪真名子は割り箸になって綿菓子製造機の中に突っ込まれ、甘いフワフワの砂糖製の雲に包まれてみたいのである。更に言うなら、その砂糖製の甘いフワフワの雲は、ピンクの色がついている方がいい。

昔は確かにそんなことを望まなかった。なんか、イージーな甘い夢を見ている女を見ると、「割り箸になって綿菓子でも作ってりゃいいじゃないか」と思っていたが、いつの間にかその比喩が自分の上にかかるものとなってしまっていた。

どうしてそうなってしまったのかと言うと、人を痛い目に遭わせるのなら平気な金坪真名子が、そうした人の常として、痛い目に遭うのが嫌いだったからである。相変わらずそれしかないのでまたしても寺脇正乗のところへ戻るが、長い時間を経てその記憶は、「甘くていい部分」と「なんだかよく分からない部分」にきれいに分離してしまったのである。

その境目は、フリーター寺脇正乗の部屋のドアにあった。中に入ると「なんだか分からない」になる。しかし、そのドアの外には、フワフワとした女の子らしい夢が漂っているのである。一応、東京辺の国立大学に行って高等教育を受けていた金坪真名子は、「よく分からないもの」が現れると、「これはなんだろう？」と解明しようとする癖だけは身につけていた。しかし彼女は、学者でも評論家でも学究の徒でもないので、「よく分からないことを考えても仕方がないではないか」という理解もまた得ていた。それで、「よく分からない部分」は捨ててしまう。そうすると、「フワフワとした女の子らしい夢」ばかりが残る。残って、それが膨張するのを押し止《とど》めようとするものはないので、大量のザラメ砂糖を投入された綿菓子製造機のように、「フワフワとした女の子らしい夢」を紡ぎ始めてしまうのである。

金坪真名子は、自分のファッションセンスに自信がない。「着る人間は自分だ」と思うと、どうしても腰砕けになって、「ファッションセンスのない女が選びそうな無難なもの」ばかりを選んでしまう。ブスとかなんとかというのは、実は容貌外見の出来不出来で判断されるものではなくて、着ているもののセンスで判断されるようなものなのである。「どうせ私は——」と思ってる女が、その前提に乗っかって服を選ぶと、「どうせ私は——」の二乗状態の悲惨なものになる。しかし、同じように「不細工」と思われる外見を持つ女が、「どうせ私は——」を抜きにして、「えっと、どれにしようかな？」で着る物を選ぶと、「ブス」とは思われなくなるものなのである。

金坪真名子は、「どうせ私は——」の防御態勢によって服を選ぶから、無難であるがゆえにより一層センスのないものを選ぶ。だからこそ「ファッションセンスのない女」なのだが、同じチョイスであっても、「自分が着るのかァ……」という絶望前提で選ぶ衣服と、「私を包んでくれるんだァ……」と思いながら選ぶ、インテリア関係のセンスは違うのである。なにしろ彼女は、「ピンクの綿菓子に覆われたい、しがない一本の割り箸」なのである。自分を包むインテリアを選ぶとなると、平気で大胆になる。

まずカーテンは、花模様のピンクである。似合う似合わないとはまったく関係なく、品のいい薄いピンクの中に、ゴタゴタしないきれいな花模様が品よく散っているカーテンである。そういうようなカーテンを幾種類も持っている。赤坂紅子との濃厚な遭遇があってからはなおさらで、自分の部屋に帰って窓に掛かっている愛らしいピンクのカーテンを見ると、本当に癒《いや》されるのである。

もちろん「金坪真名子」であることを確固とさせた金坪真名子は、もう木造アパートになんか住んでいない。おしゃれなマンション暮らしである。帰って来て部屋に入ると、もういつでも「朝陽の射し込む南フランス辺りのきれいな女の子の部屋」なのである。ついでながら、この「きれい」は「女の子」にではなく「部屋」にかかる。作者が余計なお世話で言っているのではなくて、金坪真名子は、そういう理性的な辻褄《つじつま》合わせをきちんとしないと安心出来ない女だからそう言うのである。

部屋の雰囲気は、カーテンに合わせて「南フランスのきれいな女の子の部屋」である。2ＬＤＫの部屋の隅には、あまり目立たないようにしてソファも置いてある。どうしてそれが目立たないように置かれているのかというと、ソファというものがどうしてもでかくて、女の子らしい可愛い部屋に合わないからである。

困ったことに、「可愛いソファ」というものはない。ソファで花模様だと、ゴタゴタして濃厚にどぎついような感じがする。買ったのは淡いグリーンのソファなのだが、部屋に入れてみると、女らしく小さくて可愛い小物揃いの部屋の中で、妙に自己主張をしすぎるようにでかい。それで、部屋の隅に追いやられた――と言っても、夜の間に金坪真名子が「よいしょ、よいしょ」と言って一人で動かしたのだが。もうそういう方面ではあきらめているので、「こんな時に男の人がいたらなァ」などという無駄なことは考えなかった。

淡いグリーンのソファが隅に追いやられたリビングルームの中心には毛足の長いピン

クのカーペットが敷かれ、その上に花模様の上掛けの掛けられた電気ゴタツがでんと置かれている。「なんだかんだ言って、やっぱりこれが一番便利で落ち着くんだ」である。「一〇〇%南フランスにしたら自己完結して落ち着かなくなる」という理由から花柄布団の電気ゴタツが置かれたリビングを抜けて、プチッとロココの匂いがするベッドの置かれた寝室へ向かう金坪真名子は、淡いピンクのジョーゼットで出来たフリルが可愛い裾長《すそなが》のネグリジェーを着ている。「その下の下着は――」と言ってもしょうがないので言わないが、ともかく金坪真名子は、「フワフワとした女の子らしい夢」に包まれていたいのである。そして、一夜の宿と食事を求めて訪れたまだ若い女芸人達に対して、「どう？　可愛いでしょう？」と自慢をしたいのである。

安井貴子以上に根拠のない楽天的展望で女芸人になり、金坪真名子ほどの知力を持ち合わせていないためたやすく金坪真名子以上のネガティヴ思考に陥ってしまう後輩の女芸人達は、金坪真名子の「女の子らしい部屋とネグリジェー」を見せられても「ゲッ」とは言わない。代わりに、「金坪さんはすごい」という感嘆の声を上げる。でも、朝が来てその部屋を出て行った途端、部屋の中で見た記憶は飛んでしまうので、「金坪真名子が女らしい女で、すごく女の子らしい可愛い部屋に住んでいる」という事実は、あまり外部に知られていない。そのために、部屋の主である金坪真名子は、「うっかりすると自己完結してしまうかもしれないから危い」という思いが捨てられないのである。

七　安井貴子の帰還

なぜ金坪真名子がそうまでして「自己完結への恐怖」を抱いているのかと言うと、それはもちろん「中身のないシュークリーム」になってしまった寺脇正乗との一件に由来するトラウマのせいなのだが、トラウマの常として、金坪真名子はそういうことを忘れている。忘れて、「私は心正しい女の子なのだから、へんな方向に進んで自己完結をしてはいけない」とだけ思っている。

だから、色んな習い事をしたくもあるのだけれど、モノになるまで時間のかかりそうなものは危険だからやめている。ポプリ作りの教室には通って、「なんだかうっかりすると、趣味の教室には危険なものが待ち構えているような気がする」と思った。少しは経済的な余裕も出来たので「ペットを飼う」ということだって出来なくはないのだが、「自分が小動物などを飼って愛情を注ぎ始めたら、もう二度とそこから抜け出せないのに決まっているから、そんな危険なことは出来ない」と思って、ペットショップの前さえも避けて通るようになった。

そんな彼女のペット代わりになったのが、金坪真名子が三十の坂を越す頃からポッポッと、そして雨後の筍《たけのこ》のように現れ始めた女芸人の後輩達なのだが、どうも「類は友を呼ぶ」でもあるようで、金坪真名子のところへやって来るのは、見込みのなさそうな子ばかりである。それが分かるから、あまり「愛しいもの」として愛情を注げない。そっちの方面に自己完結をするおそれはまァないのだが、見込みのない不憫《ふびん》な女芸人を見ると、つい「放っておけない」のお姉さん気分が出て、「売れない、もてない、目立たない、才能もない」という若い女芸人の救済に命をかける「芸人界のマザー・テレサ」に本当になってしまいそうになる。そうなりかけて、「なんとかしてくれよォ」と悲鳴を上げかけた金坪真名子の「自己完結への恐怖」を救ったのは、最早「忘れられた相方」になりかけていた、あの安井貴子だった。

一度は芸人の世界から去ったはずの安井貴子は、ピンになって己の位置を確立した金坪真名子が（安井貴子からすれば）花やかなスポットライトを浴びているのを見て、「私ももう一遍お笑いをやろう」という、ムシのいいことを考えたのである。金坪真名子が三十を過ぎ、安井貴子も同じく三十を過ぎ、売れないまでも若い女芸人が当たり前に登場するようになっていた頃である。順序は違うが、若い女芸人達が当たり前に出て来てしまったのは、「だったらあたしも――」という、安井貴子的な考え方をする女達が増えてしまった結果でもあるのである。

自分には演技力がないくせに、他人の下手さに関しては容赦のない一視聴者になっていた安井貴子は、たまにテレビに出て来る「若いけどあまり若くは見えない女芸人」を見て、容赦なく「下手！」というダメ出しを一方的にしていた。安井貴子は、「お茶の間でせんべいをかじりながらテレビにダメ出しをしている主婦」と同種の女になっていたのである。

せんべいをかじりながらテレビを見るオバサン主婦は、売れない女芸人の出て来るテレビ番組なんか見ない。羨望のしようがどこにもない――ということは文句を付ける必然もない。チャンネルを替えてしまえばそれですむ。第一、売れない女芸人などというものは、オバサン主婦がテレビを見るような時間帯には出て来ない。出て来るのは物《もの》の怪《け》と同じ夜更け以降のことだから、せんべいをかじるオバサン主婦達は、売れない女芸人のことなんか見なくて知らない。チャンネルを替えるのだったら、「どこかにいい男はいないかしら」という探査モードを使って、テレビのチャンネルを渡り歩く。安井貴子だとてそうだった。ところがしかし、三十を過ぎた安井貴子は――男の姿を見ることが娯楽になるはずの安井貴子は、売れない女芸人の出る深夜の番組を見て、お茶をこぼしながら「下手！」と罵っていたのである。

なんでそんな風になったのかというと、つまらない現実に生きてうんざりするようになっていた安井貴子が、「安易に若い男の姿を見て現実逃避をしていてはならない」と思うようになっていたからである。

既に二十代の半ばでお笑いの世界から足を洗ったような形になっていた安井貴子は、派遣のOLになっていた。既に世の中は、安井貴子のような女がお笑いをやめても生きて行けるようなシステムを作り上げていたのである。

既に言ったように、安井貴子がお笑いの世界から遠ざかったのは、地獄のような「営業」に堪えられなかったことと、テレビに出ても「二人揃って」ではなく、金坪真名子にもっぱらスポットが当てられていたためである。

金坪真名子は深夜のお笑い番組にレギュラーの座を射止めたが、悲しいことに相方の安井貴子には、その話がなかった。なにしろ地味顔で芸のない安井貴子の特徴は「目立たない」だったからである。新番組のためのオーディションに行って、「はい結構です」と言われた時、もうその結果は分かっていた。

「羨ましくない」と言えば嘘になるが、二十歳の時から五年ばかりやっていて、さすがに安井貴子も「自分はあんまり才能がなくて、下手だな——緊張しいで、すぐに頭の中が空っぽになっちゃうし」と理解していた。「営業」をつらいと思うのも、何度やってもうまく出来ないからである。うまく出来たと思うことがあったとしても、それで受けたかと言えば、別におもしろくもなくて受けないのである。モンスーンパレスは「芸のないお笑いコンビ」で、それが平成の初めの時期に生き残れていたのは、下手ながらも「芸をしよう」という姿勢を持っていたことと、「お笑いはもう芸じゃない、キャラだ」

という方向へ進もうとする転換期に、彼女達が生きていたからである。金坪真名子は「芸からキャラ」への切り換えを理解した芸人だったが、安井貴子は「芸でもだめ、キャラでも緊張してだめ」の女だったのである。

当時には、「二十五歳定年制」というようなものがあった。「二十五歳までは好きなことをやってもいい」と、親がなんとなく認めている制度である。二十五くらいまでは、親も仕送りをしてくれる。安井貴子も金坪真名子も、その年を超えていた。

四年制大学を卒業した金坪真名子なら、二十五歳までは三年である。しかし、短大を卒業した安井貴子は、それ以上長い五年の仕送り期間を経ていた。金坪真名子は金坪家の一人娘だったが、安井貴子には三つ年上の兄がいた。正月に帰ると、その兄が「お前、いつまであんなことやっとるか？」と言うのである。年のいった両親は、娘のやってることがいいことか悪いことかよく分からないのであるが、さすがに三十前の現代青年である貴子の兄は、妹のやっていることがおもしろいことだとは思えなかったのである。自分よりも老け顔の妹がオドオドしながらテレビの画面の中にいるのを見ると、「金坪さんとこの真名子はともかくとして、貴子は見ていられない」と思わざるをえなかったのである。

兄貴の正月の発言は、安井貴子の内なる声でもあった。だから、正月が終わって実家から帰った安井貴子は、「あたし、やめようかな」と言ったのである――相方の金坪真名子にではなく、彼女の部屋へ通って来るようになっていた男に対して。

男の名前は森永誠一《もりながせいいち》と言った。おそらくは、安井貴子と同年齢の男だったはずだが、違うかもしれない。出会いは、近所の赤提灯である。

金坪真名子は酒が弱くて、酒がそんなに好きではない。だから、後輩の女芸人を家に呼んで、うっかりすると自己完結してしまうようなところもあるのだが、安井貴子は逆である。酒が強いというわけではないが、好きなので、フラフラと外へ飲みに行ってしまう。本当なら、若い男が一杯いて、店員も若い男のバイト店員の居酒屋へ行きたいのだが、居酒屋には特殊なルールがある。そこは基本的に集団で行くところだから、一人で行ってもあまり得るところがないのだ。安井貴子にだって女友達がいるから集団で行きはするが、美しくない女が集団で行っても得るところはなんにもないから、オジサンがやっていてオジサンの客が来る近所の赤提灯へ一人で行った。

安井貴子だとてモンスーンパレスの女だから、「そういう所に行って歪んだ中年男の邪な毒牙にかかったらどうしよう？」と思わなくもないのだが、金坪真名子と違うのは、安井貴子がそう思って「ふふっ」と笑ってしまうところである。別に安井貴子は、「私の若い豊かな肉体は、好色な中年男に凌辱されたがっている」と考えているわけではなくて、「ふふっ、でも関係ないわ」というところで落ち着いてしまう。

酒が好きな安井貴子は、金坪真名子とは違ってめんどくさいことなんか考えない。なにしろ酒というものは、人がめんどくさいことを考えなくてもすむようにするためのものだからである。恥ずかしがり屋で緊張しいの安井貴子は、酒を飲んでも飲まなくても、勝手に頭の中で景気のいいことを考えてドキドキワクワクしているだけの、ウブで純情な乙女なのである。第一、安井貴子は周囲に溶け込んで気配を消してしまう忍者のように目立たない女なのである。彼女がどこに行っても、危険に遭遇する率は低い。

そんな安井貴子が、オジサンがやっていてもっぱらオジサンの客が来る近所の赤提灯の奥で、焼鳥を肴《さかな》に独りうつむき加減でビールを飲んでいた。もちろん誰も注いでくれないから、手酌である。そこへ人の気配がして、「そちらへどうぞ」の声によって、安井貴子の隣のカウンター席に座った。もちろん、安井貴子にはそこで顔を上げるというような大胆な真似は出来なかったが、隣に座った男が「ビールね」と言う声を聞いてドキドキした。若い男なのである。若い男と腕が接しそうなところにいると思っただけで、安井貴子の頬がポーッと染まった。

「なにかしなければいけない、なにかしなければいけない」と思って、安井貴子はチラッと隣を見た。やっぱり若い男だった。彼女の頭の中はポーッとなっていて、「若い男」ということ以外はなにも認識出来なかった。

またチラッと見ると、若い男は突き出しのイカの塩辛を肴にして寂しくビールを飲んでいた。安井貴子は、自分が頼んだ鳥皮串が一本だけ残っている皿を若い男の方に向けて、「よかったら、食べませんか？　私、食べきれないので」と嘘をついた。「食べきれない」などということはないのである。

「食べませんか？」と言われた男、森永誠一は、はっきりと安井貴子の顔を見て、「すいません」と言ってから、差し出されたものを食べた。安井貴子はうつむいて頬を染め、「よかった――」と思った。

それが二人の出会いと始まりなのだが、二人が結ばれるまでには三週間がかかった。ウブで貧しい男女が三週間かけて着実にその距離を縮めて行ったと、言って言えないことはない。安井貴子はその男に、「あたし、お笑いやめようかな」と言ったのである。契約更改で移りはしたが、そこは相変わらず、彼女とその恋のシチュエーションにふさわしい1DKマンションの一室だった。

誠一は、「やめたいんだったらやめた方がいいよ」と、彼女のあり方を尊重するような言い方をして、それきり黙った。安井貴子は、その沈黙の中で、「きみにお笑いは似合わないよ」と言われているように思った。

お笑いだけでは食って行けず、短大を卒業して他にすることのなかった彼女は、親の仕送りを受けながらバイトもしていた。お笑いをやめても路頭に迷うこともなかった。それで、金坪真名子に言って、活動を停止した。金坪真名子はロクに引き止めもしなかったが、モンスーンパレスを解散するとも言わなかった。「貴ちゃんの進路が私から離れて、大丈夫なんだろうか？」とだけは思っていたのである。

安井貴子は、恋に生きる女になった。彼女がお笑いをやめ、バイトオンリーのファストフードのバイト店員になってしばらくすると、森永誠一が彼女の部屋に転がり込んで来た。建設業界で働く彼は、不況のせいで仕事が減って、困っているというのである。

森永誠一と同棲して、安井貴子は当然嬉しかった。帰って来ると、部屋には男がいるのである。孤独な彼女はドキドキするほど幸福で嬉しかったが、一週間もするとなんか話が違って来た。帰って来て森永誠一がいるのを見ると、「まだいる——」という気がしてしまったのである。

初めて横に座られた時は、「若い男だ——」と思ってドキドキしたが、森永誠一は「若い男」である以外なにもないのである。初めての実質を持つ恋にドキドキしていた安井貴子は、「私と付き合っている内に、この人は素敵な人に変わるんだわ」と思っていたが、別に変わらなかった。彼女がそうだと思った通り「素敵な人からははずれた若いだけの男」で、それが「まだいる」の状態になってしまったのである。

同棲の二週間目が後半に入ると、安井貴子は一日おきに「出てってくれないかな」と思うようになった。男に体を触れられるのも億劫《おっくう》になって来た。そんな頃に男は「金貸してくんない？」と言った。なんだかいやだったけど、男にケチだと思われるのがいやで、「いくら?」と言った。「二万円かな?」と言われて、「なんに使うの?」とも聞かずに机の抽き出しの奥を探した。聞かなかったのは、「やだな? なにに使うんだろう?」とひとりごとを言うのに忙しかったからである。

男は、転がり込んだ日の三週間後に姿を消した。どういうわけか安井貴子は、「きっと仕事が見つかったんだ。よかった」と思った。机の抽き出しに入れておいたはずの二万五千円がなくなっていたのに気がついたのは、それからまた少し後のことだった。善なる安井貴子は、「あれ? どうしたんだろう?」と思って、ただ「へんだな」のままにしておいた。

八 もう電気ゴタツに足は突っ込まない

安井貴子は、その恋の顛末《てんまつ》を金坪真名子に話した。「どうォ? 私は恋を得た女なのよ」という自慢をしたくもあったし、払うべきアパートの家賃が足りないので、金坪真名子に借りる必要もあったのだった(でも善なる安井貴子は、なんで家賃が足りなくなったのかが分からなかった)。

安井貴子の話を聞いて、金坪真名子は仰天した。安井貴子に言い寄る男がいたのである。しかもその男と、三週間も一緒に暮らしていたのである。「なんという売女《ばいた》であろうか」と金坪真名子は思った。金坪真名子にとって、安井貴子は「男に走ってお笑いを捨てたどうしようもない女」だったのである。

もちろん、安井貴子にとってそんなことは関係がない。「えーッ!?」と言って目を剝いている金坪真名子に、「悪いけどさ、お金貸して」と言った。「なんで?」と言われて、「家賃が足りないのよ」と言った。金坪真名子はいやがらせ半分で、「逃げた男が持ってったんだ」と言ってやった。

安井貴子は別に驚きもせず、「そうかな?」と言った。そして少し遅れて、「そうかもしれない」と、美しい思い出を見るような目で言った。「私と違ってあの人には、困った時にお金を貸してもらえる友達がいなかったんだわ」と、安井貴子は「美しくなってしまった思い出」を嚙みしめていた。

男に捨てられた安井貴子に対して、「じゃあんた、またお笑いやるの?」と金坪真名子は言った。しかし、終わることによって美しくなってしまった恋の思い出に生きる安井貴子は、金坪真名子を憐れむような顔をして「ううん」と言った。だからなんだというわけでもなく、ただ「ううん」なのである。

そして安井貴子は、堅気の仕事に生きる女になった。ファストフードの店員は、「素敵なバイトの男の子がいるからいいな」と思って選んだのだが、緊張しいで上がり性の彼女は、若くていい男がそばにいると、なんにも出来なくなってしまうのである。やって来る客の応対もめんどくさい。お笑いをやめた彼女は、「私は人と顔を合わせる仕事が苦手なんだ」と思った。「それで昔は事務系のOLでいいやと思ってたんだな」と理解をしていたが、「今更サラリーマンのいる職場に行ってもしょうがないな」という気がして、コールセンターの受付女になった。

広い部屋に電話の置かれた机が並んでいて、客からの電話があると、それに応えるのである——商品注文の受付とか、クレームとか。

ともかく、顔を見せることがないので上がらない。マニュアルがあるからその通りを言えばいい。台本通りにセリフを言うのは経験したが、人前で顔を見せながらやると失敗した。でも、今度は顔を見られないから失敗しない。「人前でセリフを言う」という訓練をしていたから、すぐに仕事に慣れた。そして、気がつくと「新しい才能」が開花していた。実は彼女には「底意地が悪い」という一面もあったのだ。客のクレーム電話に対応して、ちっともビビらなかった。「なにこの女?」と思って、終始底意地悪く対応して、職場の鑑《かがみ》になった。そして、どんどん底意地だけは悪くなった。

「顔に出すと不美人になる」と思っていたから黙っていたが、その結果、老け顔がどんどん陰翳《いんえい》に富んで、実年齢より十歳以上年上に見える「暗い女」になった。そして、三十を目前にしてしまった。テレビの向こうでは、金坪真名子が「金坪真名子」というキャラを定着させていた。自分のおもしろくもない日常にうんざりしていた安井貴子は、た。

「いいな」と正直に思ったのである。

再び金坪真名子の部屋へ行った安井貴子は、「ねェ、私もまたテレビに出れないかな?」と言った。「だって、モンスーンパレスはまだ解散してないわけでしょ」と言った。

金坪真名子は、「よかった、貴ちゃんが戻って来てくれる」などとは思わなかった。テレビの世界に一定の地位を得てしまっていた金坪真名子は、余裕で、「いいよ、プロデューサーに話して上げる」と恩着せがましい口をきいた。地歩《ちほ》を固めて名の通ったお笑いタレントになっていた金坪真名子は、そうした自分が別種の自己完結に陥っていることに気づかなかったのである。

安井貴子の言ったことは「またテレビに出たい」だけで、「芸人として復帰したい」ではなかった。コールセンターで顔が見えないことをいいことにしてエラソーな口を叩いていた安井貴子は、今更芸人になって苦労して金を稼ぐなどということをしたくなかったのである。だからバイト感覚で、「ちょっと出ちゃだめ?」と、言っていいのか悪いのか分からないようなことを言ったのである。

安井貴子の顔を覚えている人はいた。思い出そうとして思い出せない地味な顔立ちの安井貴子は、現物を見ると「おお、安井か」とその記憶がじんわりと甦るような存在でもあった。かつてはオーディションで安井貴子を落としたディレクターがプロデューサーになっていて、「かくもテレビの画面に不調和で邪魔にならない地味顔は珍しい」と判断したのである。時代は、安井貴子に有利な方向に変わろうとしていた。

そうして安井貴子は、金坪真名子の出演するお笑いバラエティー番組に、「見学に来ていてスタジオをうっかりウロウロしてしまうＯＬ」の役で地味な再デビューを果たしたのである。安井貴子は、普段の安井貴子のまま、「異物」としてスタジオをうろつき、テレビに映った。それは、地味で画期的な安井貴子の変身であった。

もう「芸」はいらない。芸が苦手で上がり性の安井貴子は、「上がったままボーッとしている」というキャラクターを獲得したのである。そのキャラを「うまくこなせた」かどうかは分からない。うまくこなせなくても、「スタジオでウロウロするシロートのＯＬ」という設定にははまったのである。そのぎこちなさが壁になっていた安井貴子ではあるが、ついにそのぎこちなさが、彼女の芸人としてのキャラクターになったのである。そうして安井貴子は三十の坂を越えた。新しいと言えば、安井貴子のあり方は、金坪真名子のあり方よりはずっと新しい。同じキャラで商売をするにしても、彼女のキャラは、プロのくせに「テレビ慣れのしないシロート」だったからである。

いつの間にか安井貴子は、コールセンターをやめた。多くの人は安井貴子が再デビューをしたなどということを知らなかったが、三十数歳になった安井貴子は、「安井貴子」というキャラを確立した女芸人になっていたのである。

金坪真名子は素直に、「よかった」と思った。「貴ちゃんがいてくれて安心する」とも思った。でも、それを口に出して言うことはなかった。それで安井貴子がいい気になると困ると思った。そして金坪真名子は、「モンスーンパレスの二人は、ブランクなしにずっと一緒にやって来たのだ」ということにした。

金坪真名子は、そうして女の子らしい可愛い部屋に売れない後輩の女芸人を呼んで、ご飯を食べさせてやった。しかしそこに、復活した安井貴子はあまり来なかった。どうしてかと言うと、恋を経験し、ふてくされるしかない世の荒波をかいくぐって復活を遂げた安井貴子は、「なんかもう、あんまり電気ゴタツに入りたくないな」と思う、アダルトなシティガールに変身していた――というか、当人はそう思い込みたがっていたのである。

第四話
すべての人に幸福な未来を

一　「阿蘭陀《おらんだ》おかね」という女

「阿蘭陀おかね」という女がいた。今でもまだいる。女芸人である。うっかり過去形で書いたので死んだみたいだが、まだ生きている。本名は「斎藤美帆子《みほこ》」という美しい名前で、年齢は八十でも九十でもなく、「女芸人ブームというものが訪れる少し前の冬」の段階で、「もう二十代ではなかろうが、まだ四十ではないだろう」と思われる程度の年齢不詳だった。

美人ではないが、「不美人」と断定していいのかというと、微妙である。「老け顔」というよりも、なにか老成したイメージが顔に漂っている。ちなみに「老成」とは「大人びた」ということである。二十代の初めに、もう二十七、八に見えた。それが十年以上たっても変わらずに、その後はずっと「三十二、三」に見える。損なのか得なのかよく分からない外観だが、実はというか案の定、阿蘭陀おかねは、モンスーンパレスの金坪真名子や安井貴子と同年齢なのだった。しかし、同じなのは女芸人であることと年齢だけで、阿蘭陀おかねはまた違う、数奇な運命の下に生まれていた女なのである——と言っても、たいしたことはないから期待はしないように。

斎藤美帆子は、三十一が三十二に変わろうとする年の頃まで「阿蘭陀おかね」ではなかった。相方と共に「バイオニックジョニー」というお笑いコンビをやっていた。ステージに出ると、「バイオです」「ジョニーです」と言って、「バイオニックジョニー、シャキーン！」というファイティングポーズを取る。後に、ずっと年下の男のお笑いコンビが「シャキーン！」をギャグにして人気を得るが、その何年も前の話である。阿蘭陀おかねの美帆子が「バイオ」で、相方が「ジョニー」なのだが、斎藤美帆子が女であると同様に「ジョニー」の方も女で、名を坂出直美《さかいでなおみ》と言った。

二人に「男でありたい」という願望があったわけでもなく、ましてや同性愛関係にあったわけでもない。バイオニックジョニーは漫才のお笑いコンビではなくて、シュールなコントをやるコンビだったので、なにかの拍子に相手の名前を「美帆ちゃん」「直美」などと呼んでしまうと笑いの質がグダグダになってしまう——それを危ぶんでの「バイオ」と「ジョニー」だから、これは芸名でもなんでもないのである。阿蘭陀おかねの斎藤美帆子は笑いに対してシビアだったので、そういう細かいところにこだわったのである。

細かいところにこだわるのはいいが、全体が「シュール」という名の大雑把《おおざっぱ》仕立てで、こだわったのが細かいところだけだったから、ちっとも受けなかった。おかげで、「えーと、バイオニックジョニーの、こちらがバイオさんで、こちらがジョニーさんですね？」というようなインタビューを受けて、「あ、あたし達は、バイオとかジョニーとかって言うんじゃないんです」「じゃ、なんて言うんですか？」などという遣《や》り取りをする必要がなかった。そんなインタビューを受ける可能性はまずなかったし、そうなる前にバイオニックジョニーは解散してしまったのだ。

しかし、バイオニックジョニーが解散した理由は「受けなかったから」ではない。斎藤美帆子の相方だった坂出直美が結婚してしまったからである。

坂出直美は、不美人ではなかった。「新人」と言われる時期を過ぎた地方の女子アナのような、至って普通の顔をした女だった。結婚相手の男は高校の先輩で、塗装業に従事していた。どこにもへんなところがない。相方から結婚を報告された斎藤美帆子は、
「えーー！　よかったじゃない。おめでとう！」と素直に祝福した。どこにも屈折したところはない。バイオニックジョニーをやっていた二人の女は、どこにでもいそうな、ごくごく普通の女だったのである。

なんとかホールという狭い場所の低いステージに上がって、全然客に受けないコントをやる。「受けない」の以前に「なにをやろうとしているのか理解不能」だから、客席はシラーッとしている。普通なら無反応の客席に圧倒されて動揺をするものだが、まったく動揺しない。やることをやり終えると、すごく嬉しそうな笑顔を見せて、「ありがとうございました」と頭を下げる。狭くて狭くてとても「ステージ袖《そで》」とは言えないような所に下がって来た二人の頬は、「やるべきことはなし遂げた」という達成感で紅潮している。県のバレーボール大会で順調に勝ち進んだ女子高校生のようなものである

——二人とも、東京生まれの東京育ちだが。

二人にとって「ステージ」というところは、「やりたいことがやれて嬉しかったのである。二人にとって「ステージ」というところは、「やりたいことがやれる嬉しい場所」なので、そこでシーンと静まりかえってステージの二人を見つめている客という名の男女のことなどは、あまりというか、まったく考えなかった。やるべきことをやり終えると、「本当に私達に好きなことをやらせてくれてありがとう」という気になって、本当に嬉しそうな表情で頭を下げてしまうのである。そこのところが、モンスーンパレスの金坪真名子と安井貴子とはまったく違うところであった。

バイオニックジョニーがデビューしたのは、斎藤美帆子が二十八歳の年だった。坂出直美は二十七歳だった。安井貴子の短大卒業と同時にデビューしたモンスーンパレスと

は違う、いい年こいてのデビューである。モンスーンパレスなるお笑いコンビが誕生してしまったのは、金坪真名子の発作的な思いつきによるものだが、バイオニックジョニーは違う。名門の大手芸能プロが設立したお笑い養成所に通い、二年の歳月を過ごした後のデビューなのである。裏付けが違う。裏付けが違うからと言って、客に受けるわけでは全然ないが。

空しく花柄コタツ布団の中に足を突っ込んでいた金坪真名子と安井貴子の前に、そのお笑い養成所はなかった。お笑いに関して濃い様式性を持つ大阪にしかその養成所はなかったのが、モンスーンパレスがデビューした翌年に東京へ進出して来たのである。

その年、斎藤美帆子はまだ「お笑いをやろう」とは思わなかった。色々と、家庭の事情で大変だったのである。フワフワの白いフリルが一杯ついたドレスを着て発表会でピアノを弾いているのがふさわしそうな名前の斎藤美帆子は、その名の通り、社長令嬢だったのだが、美帆子が大学を卒業する前に、お父様の会社は倒産してしまったのである。世に言う「バブルがはじけた」のあおりを喰らったのである。

会社は潰れ、借金を抱えたお父様は病気になって、死んでしまった。それまで東京のいいところの住宅街の庭付き一戸建ての家に住んでお嬢様大学に通っていた斎藤美帆子は、老いた母と一緒に築十二年の場末のマンションの2DKの部屋で暮らさなければならなくなった。まるで、大昔の少女漫画のようである——と言って、今の恵まれた少女達からは「なんのことですか？」と言われかねないので、作者は「昔の少女マンガのほとんどは、お父様が死んで途方に昏《く》れなきゃいけない女の子の話と、継母にいじめられる女の子の話だったんだよ」と、余分な説明を加えなければならなかったのである。

そういう時代の変化があるから、斎藤美帆子もあんまり泣かなかった。お父様はいい人だったが、お母様と二人きりになってしまった美帆子は、働かなければならなかったのである。お母様も泣き暮らしてはいなかった。新居に落ち着くと「どうしようかしらね？」と言った。悲しいとかなんとか言うよりも、あまりにもあっと言う間の急変だったので、「そうなのか――」とあきれるしかなかった。「どうしようかしらね？」と言ったお母様も理性的で、一週間後には近所のスーパーでパートの仕事を探して来てしまった。頭の切り換えの早いお母様であった。

斎藤美帆子が悲嘆の淵に沈むでもなく、心に深い傷を負うこともなく、「あ、そうなのか――」とその転変をあっさりと受け入れてしまったのは、彼女が「失った物」に執着しなかったからである――と言って、何を失ったかは曖昧なのだが。

お嬢様であった頃から、斎藤美帆子は贅沢を求めなかった。ブランド物の服もバッグも、別にほしくはなかった。「自分のほしいものは、なにか違うものだ」と思っていた。それを言えば、お嬢様生活自体が「なにか違うもの」だったのである。

二　なに不自由のない貧しさ

斎藤美帆子は『ローマの休日』のアン王女ではないので、「窮屈なお嬢様生活から逃げ出したい」とは思っていなかった。抑圧の多いお嬢様生活の中で無意識にストレスを蓄えているというわけでもなかった。社長令嬢であっても、感じとしては「東京の普通の中流階級の娘」とさして変わらなかった。バブルに至ってはじける前の日本人の生活は、そんなものだったのである。白馬に乗って「ごきげんよう」などという挨拶をするお嬢様は、後に韓流ドラマに大きな影響を与える大映テレビ室制作のテレビ映画にしか出て来なかった。日本中が自分達のことを「中流の上」としか思っていなかったので、お嬢様と外部の世界の間にある塀は、全然低かったのである。「社長令嬢から転落した」と言っても、二階のバルコニーから「気をつけなさいよ」と言われて飛び下りるくらいだから、たいしたことはなかったのである。

斎藤美帆子は小学生の時にピアノを習っていたが、社長令嬢じゃなくてもみんなが当たり前のようにピアノを習っている時代で、斎藤美帆子はあまりピアノが好きではなかった。楽器なら弦楽器の方が好きだったが、かと言ってバイオリンを習いたくはなかった。ギターがほしかった。しかし、小学生の女の子がギターを抱えてしまうと、寄席の高座で音曲漫談をやる「かしまし娘」の弟子のように見えてしまうので、買ってもらえなかった。斎藤美帆子の両親は、「かしまし娘」を知っていたのである。代わりにウクレレを買ってもらって、先生も見つけてもらった。小学五年生の斎藤美帆子がウクレレを抱えているのを見ても、両親はそこに「ウクレレ漫談の牧伸二」を思い浮かべなかった。理由は、ウクレレのサイズが小学生の娘にふさわしいと思えたからである。当人もまた「ウクレレ漫談をやりたい」とは思わなかった。シングルエイジを超えた斎藤美帆子は、お笑いではなく、ハードロッカーを「カッコいい」と思っていたのである。でも、ギターではなくてウクレレを与えられただけだから、仕方なく『小さな竹の橋』を弾いていた。

まだ「お笑い」への道は遠かった。そして作者は、ここで「お前はこの期《ご》に及んで、また別キャラの女芸人をその生い立ちにまで遡って描写するつもりか？」と自問するのであった。別にそういうつもりもなかったのだが、やっぱり手短にした方がいいだろう。

幼稚園から続くお嬢様学校に通う社長令嬢の斎藤美帆子には、格別の抑圧も欲求不満もなかった。ただ、やせて髪の長いハードロッカーの男を見て、「あら、素敵」と思うだけだった。美帆子の通う中学にも高校にも大学にも、「バンドやりたい」とか「お笑いやりたい」という友達がいなかったので、そういう選択肢があるとも思わないままの斎藤美帆子にはまた、欲求不満になる余地もなかったのである。

父を亡くし、社長令嬢という身分をなくし、過去のあらかたをなくした斎藤美帆子は、既に四年分の学費を払っていたので、お嬢様学校の大学を卒業はしたが、就職はしなかった。どうしてかと言うと、お嬢様大学に来る就職口はみんな気取ったところばかりで、「あんまりその気になんないな」と思っていたからである。「就職なら、お父様に相談すればいいわ」と思っている娘達が多いから求人票もそう来ないのだが、その「お父様の会社」がなくなってしまった。それで、「仕方がないから、あなたも働きなさいね」とお母様の言う通り働きに出ようとしたのだが、どうもまともな就職がしたくなかった。

求人雑誌を見ると色んな職業がある。カラオケ店の店員とか、パチンコ屋の店員とか、餃子チェーン店の店員とか、もう色々な職業がある。「お嬢様」という路線をはずれた途端、世界は可能性の宝庫だったのである。斎藤美帆子は履歴書に卒業した大学名を書いて、その後に「中退」と嘘を書いた。お嬢様大学を卒業してビアホールで働こうとすると、「なんでウチなんかを？」と言われるんじゃないかと思って、嘘をついたのである。

しかし「中退」にしても、履歴書をじっと見られてから、「なにかあったんですか？」と言われる。言われたら本当のことを言えばいい。実際にそう言われたので、「父が死んで、父の会社も倒産したので、働かないといけないんです」と、本当のことを言った。するとどこでも採用されて、バイト開始から三日以内に、面接担当者から食事に誘われる。なにしろ名前は「美帆子」である。これで斎藤美帆子が色白で清楚《せいそ》な感じがしたら、その後でもう少し別の方向に誘われもしただろうが、斎藤美帆子は少し違っていたので、そういうことがあんまりなかった（まったくなかったわけではない）。

そして斎藤美帆子は職を転々とした——こう書くと、まるで彼女が令嬢詐欺を働いていたように思えてしまうが、「中退」の二文字以外に嘘はないので、詐欺なんかではない。彼女が職を転々としたのは、「へー、そういうお仕事もあるんだ」と思ったことと、「ビールが好きだからと言ってビアホールで働いても、ビールを好きなだけ飲めるわけではない」ということに気がついた結果である。

彼女は職を転々とし、その途中で職場の男に求婚されるなどということもあって、その末に大手芸能プロダクションのお笑い養成所が東京に進出していたということを知ったのである。

斎藤美帆子は気立てのいい女だった。有能な働き者ではなかったが、働くことをいやがるような女ではなかった。天然ボケが氾濫する世にあって、それとは違う、天真爛漫《てんしんらんまん》という貴重種だったので、職場の男達の心を明るくした。職場のチーフから結婚を申し込まれたのもそのためだった。後に相方となった坂出直美のように、そこで斎藤美帆子が結婚していても不思議はなかったが、そうはならなかった。彼女は、プロポーズしたその男よりも、その男と一緒にやっているパチンコの方が好きだったのである。

男に結婚を申し込まれて、斎藤美帆子ははっきりと分かった。自分は、自分の好きなことが一番好きなのである。仕事の後にビールが飲めて、休みの日にパチンコが出来ていれば、もうなにもいらないのである。昭和三十年代の日本人労働者の至福が、斎藤美帆子の体に宿った。「貧しくても愛があればいい」と言う人の気持が分からないから否定はしないが、「仕事の後にビールが飲めて、休みの日にパチンコが出来たら、それはもう貧しさなんかとは無縁の幸福だ」と、斎藤美帆子は思った。なに不自由のないお嬢様をやっていて、「自分のほしいものはなにか違うものだ」と思っていた斎藤美帆子は、ついに生きる歓びとなるもの――「それさえあれば他になにもいらない」と思えるものを見つけたのである。

「これが私の求める幸福だったんだわ」と思う斎藤美帆子の前に、木枯らしに吹き寄せられる一枚のビラが舞っていた。それが、東京に進出した大手芸能プロダクションの作ったお笑い養成所の「新期生募集」のビラだったのである。「自分の求めるものはなにか、自分を幸福にするものはなにか」ということがもう明白に分かっていた斎藤美帆子は、「これも私を幸福にさせてくれるものだわ」と、すぐに理解した。

斎藤美帆子にとって、お笑いは自己実現への道ではなかった。既に「仕事の後にビールが飲めて、休みの日にパチンコが出来たらもうなにもいらない」という形で自己実現を達成していた斎藤美帆子にとって、お笑いは「充実した人生に豊かな色彩を与えてくれる趣味」だったのである。

既に上昇志向とは無縁なところにいた斎藤美帆子は、「テレビに出たい」などとは思わなかった。お嬢様大学には存在しなかった「お笑い研究会」のドアが目の前に突然現れたような気がして、嬉しかったのである。

三　阿蘭陀おかねの芸風

そしてまた作者は考えた。「もしこの小説がなんとか賞の候補なんかに挙がった場合、きっと選考委員から〝彼女はどうしてビールとパチンコがあればいいのだろう？　彼女の人生の転機になるようなことだから、もう少し書き込んだ方がいい〟などと言われるな」と。しかし、もっとよく考えたら、こんな小説がなんとか賞の候補作になることなど、ありえないのである。斎藤美帆子が「人生の転機」などというものを見つけ出すような女かどうかも分からないし、そもそもこの小説は一個人の人生の転機なんかを書くものではない。女芸人のいる時代の転機を書くものだからこれでいいのであるって、お前はなんのために自作の解説をしているのだ？

「なに書いたらいいのか分からなくなったら困るな」と思う自分のためである。

ということで、斎藤美帆子は堀端企画なんかよりも数層倍か数十倍規模の大きな芸能プロダクションの作ったお笑い養成所に入ったが、なんとこの養成所は金を取るのである。風に吹かれて足下に舞い寄って来たビラを見て、斎藤美帆子は「うーん」と唸った。「今の世の中には、金を払ってまでお笑い芸人になろうとする奴がいるのか？」と思ったからではなくて、「授業料払うとなると、ビール減らさなきゃいけないな」と思ったからである。人の歩む道の王道を行く斎藤美帆子は、まず「自分にとって切実なこと」から考え始めるのである。

お嬢様学校を出たお嬢様である斎藤美帆子は、「大学は就職のためのパスポート発行機関で、学生や親達はそのために金を払う」という考え方があることを知らなかった。知ったとしてもよく分からないので、ただ「へー、そうなんだ」である。そして、なんだか知らないが、お笑い養成所へ行くには金がかかる。休日のパチンコは時として利益を生むが、ビールは「あーッ!!」という生きている実感を生み出す以外になにも生まない。パチンコを減らす必要はないが、ビールの本数は減ってしまう。それこそが「チッ」と舌打ちしたくなる、斎藤美帆子にとっての「切実」だったのである。

なんだか知らないけど金がかかる。芸人になりたがるのは大体「貧しき若者」で、この「貧しき若者」がうまく化ければ大金を稼ぎ出す。だったら「貧しき若者を育てるだけでいいじゃないか」と考えるのは凡人の頭で、株式市場にも上場してしまうような大手芸能プロダクションは、そういう風には考えない。「取れるところから取る。そこに貧富の差はない」と、消費税を設定する政治家のようなことを考える——そういう風に考えないと「大手」にはなれない。大体、貧しいのも貧しくないのも、そう簡単に「大金を稼ぐ芸人」にはなれない。簡単になれるのは、「貧乏な芸人」だけである。

金をかけて育てて、貧乏芸人を生み出してどうするのか？　そんなことよりも、時代の変化によってお笑いをやりたがる若者達が多く生まれた——そこから金を取った方が効率的なのである。「お笑いに貧乏は付きもので、笑えるほどの貧乏だとなおよい」ということを、金を取って教えるのである。そういう複雑な社会問題もここには隠されていたのだが、そういうことは、斎藤美帆子のみならず、お笑いを志す人間にとっては「切実なこと」ではなかったので、どうでもよかったのである。

かくして斎藤美帆子は、生き残るための経営手腕にはすごく長《た》けた大手芸能プロダクションの作ったお笑い養成所に入り、そこで出会った坂出直美とコンビを組んで二年を過ごし、バイオニックジョニーを結成することになる。デビューの年で二十八歳だった斎藤美帆子が養成所に入ったのは、二十六歳の年だった。

坂出直美は斎藤美帆子より一歳年下だが、二十歳前後で養成所に入る若者達が圧倒的に多い中で、二十五と二十六は「ババア」の内だった。「研修生同士でコンビを組みなさい」と言われて直美と美帆子がコンビを組んだ時には、「やっぱりィ」の声が多かったが、斎藤美帆子にとってはなにが「やっぱり」なのかよく分からなかった。若い連中に比べれば少しばかり年がいっていることは、斎藤美帆子にとっては「切実なこと」なんかではなかったので、若者達がなにに騒ぐのか、まったく分からなかったのである。こうして、斎藤美帆子の恐るべき「こわいものなしさ」が徐々に明らかになって行くのである。

ちなみに、斎藤美帆子が養成所に入った年は、地獄のような「営業」に堪えられなくなった安井貴子が、お笑いの世界から撤退して行った年だった。一般的に「しんどくなって将来を考えるのがめんどくさくなって来ると男との関係が生まれてしまう」と言われてしまうような年頃になって、斎藤美帆子はお笑いの世界に乗り込んで行ったのである。

既に言ったように、斎藤美帆子と坂出直美のバイオニックジョニーは、ちっとも客に受けなかった。しかし、養成所出身の二人は、ちっともめげなかった。どうしてかと言うと、「お笑いにとって変だということは重要である」ということを養成所で学習してしまったからである。その点で、お笑いの養成所には行かず、ただ相方の金坪真名子から叱咤《しった》激励《げきれい》の罵倒を浴びせられていただけの安井貴子は弱かった。正しく「知は力なり」なのである。しかし、「知は力なり」で好きなことをステージの上でやっていたバイオニックジョニーには、一向に「ギャラ」というものが入らなかった。お笑い養成所を設立した大手芸能プロダクションの思惑通り、バイオニックジョニーの二人は「貧乏な芸人」になったのである。

　契約もへったくれもなく、そのまま大手芸能プロダクションのタレントのようなものになった二人には、よくて、月に二、三回のステージ出演しかなかった。出演料は、二人合わせて交通費込みで五百円だったりもした。「えーッ!?」とは言ったが、美帆子も直美もめげなかった。他にバイト仕事をしていた二人は、「お笑いで食って行こう」などという分不相応なことを考えていなかったからである。

　その相方の坂出直美は、三十歳が三十一歳になろうとする頃、塗装業の男と結婚をして、そのかみさん専業になった。斎藤美帆子はその結婚を祝福して、少しの間「どうしようかなァ」と考えてから、ピン芸人になった。それは奇《く》しくも、コールセンターのオペレーターになって「底意地の悪さ」という新しい才能を発見してしまった安井貴子が、「ねェ、私もまたテレビに出れないかな?」と言ってお笑い界へバイトがてらに復帰をして来る年なのであった。「だからなんだ」と言うようなところでもあるが、テキトーなことが思い浮かばないので、このままにしておく。

ピン芸人になった斎藤美帆子の「阿蘭陀おかね」という芸名は、幕末の日本に生を享《う》けた日本とオランダのハーフの女性医師「阿蘭陀おいね」のいただきである。斎藤美帆子は、思いつきで気まぐれ的な知識を持ち合わせる知的な女でもあるので、「阿蘭陀おいね」を知っていた。知っていて、「医者にしておくには惜しい名前だ」と思っていた。字画の多さも気に入った。字画の多さとややこしさで「白耳義《ベルギー》おかね」もいいかなと思ったが、読めない人が続出するような気がしてやめた。「お米も大事だがお金も大事だ」と思って、「おいね」を「おかね」にしたが、彼女にとってのお金の大事さは、「少ししかないから大事にしなくちゃ」という質のもので、「だからもっと金儲けをする！」という方向には作用しないものだった。

コンビを解散してピン芸人になった阿蘭陀おかねの斎藤美帆子には、「お笑いで食べて行こう！」などという野心は相変わらずなかった。あるのはただ、「お笑いをさせていただいている」という感謝の心だけだった。なにしろ、お笑いをやっている限り、自分の好きな「どうでもいいこと」を考えていられるのである。それでお金さえもいただけるのである。それ以上の贅沢など言っていられないのである——言おうという気もなかったが。

そうして、阿蘭陀おかねは、またしてもなんとかホールという狭い場所の低いステージに立ったのである。

阿蘭陀おかねだから、もちろん出で立ちは着物である。おかねのお母様は社長夫人だったから、着物は一杯持っていた——でも、転変の人生の間にあらかたは売り飛ばしてしまった。２ＤＫの狭い部屋のタンスの中にしまってあるのは、「あなたの結婚式の時に着ようと思って」という、とんでもなく手の込んだ着物だけだった。つまり、お盆の時期のテレビ東京に出て来る七十過ぎの演歌歌手のおばさまが着るような、派手で贅沢なくせにあまり派手に見えないという、いかにも社長夫人的な着物なのである。

自分の母親だからどうでもいい——そんなものを着てステージに上がってもどうしようもないからどうでもいいが、阿蘭陀おかねにとって一つだけカチンと来たのは、母親が「娘の結婚式に着て行く自分の着物」のことだけを考えて、しかもそれが礼装用の黒留袖なんかではない上に、肝心の「嫁に行く娘の着物」のことがまったく忘れられていたことである。よく考えりゃ、「お母様はそういう人だった」というだけのことであるが。

案の定、母親は役に立たなかったので、阿蘭陀おかねは財布を持って町に出た。町の隅の方には、数千円で買える古着を商う着物屋もあるのである。なんと世の中の端っこの方は、様々な可能性に満ちているのであろう。

古着屋で黒と紫の銘仙の二着の着物を買った阿蘭陀おかねは、「阿蘭陀なら金髪だな」と思って、カツラ屋へ行った。ある所には安いカツラ屋もあるのである。しかし、カツラ屋へ行った阿蘭陀おかねは、自分の買った着物に金髪は合わないと思った。緑色のカツラも合わない。見ると店の隅の方に、大正ロマンを感じさせる黒いボブのカツラがあった。「やっぱり銘仙だと大正ロマンだな」と、へんな風にファッションセンスのある阿蘭陀おかねは、黒のおかっぱ頭に見えるカツラを買った。モンスーンパレスの女二人の髪形に影響を受けてのことではない。

ピン芸人としての新装開店の用意は整ったが、しかし阿蘭陀おかねは一人で着物が着れなかった。着物を着たのは成人式の振袖だけで、着物自体が嫌いだった。ついでに、彼女が成人式で着た振袖はとっくの昔に売り飛ばされていて、お母様のタンスの中にはなかった。

しかし、大手芸能プロダクションの作ったお笑い養成所を出て、プロの芸人としてのキャリアが二年以上もある新装開店の阿蘭陀おかねはめげなかった。一人で着物を着る猛特訓を重ね、着物で動き回る訓練もして、その結果、足袋《たび》に草履だとなにかの拍子に足を滑らせてしまう危険性のあることが分かって、黒の編み上げブーツを履くことにした。寄席の高座に靴なんか履いて上がることは出来ないが、なんとかホールのステージにはそんなお咎めがなかった。

そうして出来上がったのはいいが、その出で立ちでなにをやるのかと言うと、父の形見のウクレレを使ったウクレレ漫談である。そのつもりなんか亡き父にはなかったのに、やっぱり牧伸二方面へと進んでしまったのである。

がしかし、ウクレレ漫談はいいが、斎藤美帆子の阿蘭陀おかねには、漫談のネタにするような社会常識がないのである。芸人のよくやる芸能人ネタも、自分以外の芸能人にはあんまり興味がないので、これも無理である——というか、初めからそんなものをやろうという気がなかった。黒の銘仙の着物を着て編み上げ靴を履いた大正ロマンの阿蘭陀おかねは、ウクレレを弾きながら出て来ると、穏やかな口調で客席に向かって、「メッテルニヒって、八十六歳まで生きてたんですって。知ってた？」と言うのである。いきなり十九世紀オーストリアの宰相の名前を出したって、誰も知るわきゃァない。にもかかわらず阿蘭陀おかねは平気で、ウクレレをポロンと鳴らすと、「よろしくね」と言って、「サボテンの棘って、葉っぱが進化したものなのよね」と、またわけの分からないことを言う。ウクレレを弾きながらそういうわけの分からないフレーズを繰り返して、どう反応していいのか分からなくてシーンとしたままの観客が「これ以上どうなるもんでもないんだ」とあきらめた頃に、「私の唄を聴いて下さい」と言って、ウクレレを弾きながら、松田聖子の『赤いスイートピー』を唄い始めるのである。

三十を過ぎた阿蘭陀おかねの声はしわがれたハスキーボイスなので、全然可憐に響かない。しかもその声で人を笑わせようとも思わず、ただ一人で一生懸命単調に唄うから、

「なにが始まるんだ？」と思う客席はクスリともしない。客席の大半は、若い男の芸人目当ての女子高校生だから無理もない。シーンとした中で単調な歌声が続く内、突然ウクレレの音が激しく乱れて、おかねの歌声が英語になる。編み上げ靴の足先が開いて、ウクレレを持ったままの阿蘭陀おかねは、絶叫するハードロッカーになっているのである。どうしてもステージに上がると、斎藤美帆子の阿蘭陀おかねは、シャウトせずにいられない。そして、それが終わるとなにもなかったような顔をして、「どうもありがとうございます」と言って深々と一礼をし、おしとやかにステージを去って行くのである。ピン芸人になっても、わけの分からない芸風は一向に変わらなかった。

阿蘭陀おかねは、「お笑いにとって変だということは重要である」という基本に忠実だった。忠実というより、変なことしかやりたくなかった。だから、客にはまったく受けなかった。笑おうとしても笑えなかったのである。

四　「いつか分かる日が来るわ」と言うこともなく――

阿蘭陀おかねの目指す笑いは、「笑えない笑い」だった。客が気がつかぬ間に腹に溜まって、しばらくしてからすかしっ屁のように「ぷっ」と漏れる――「わーっはっはっ！」というのではなく、そういう上品なお笑いがやりたかった。そういう高尚な笑いを目指していたので、客席がクスリとしなくてもポカンとしていても、おかね自身はたじろぎもせず、まったく平気だった。おかねの姿勢は揺るがず、そんな偏屈なことをやっているのに、ステージを下りたおかねは人当たりがいいので、楽屋スタッフや芸人仲間には受けがよかった。

阿蘭陀おかねは前衛的でスタイリッシュな存在だったが、まだ誰もそんなものがなんとかホールのステージの上に存在するとは思わなかった。おかねの方もまた、前衛的でスタイリッシュな存在になりたいとは思わず、ただ「自分はお笑いだ」としか考えていなかった。「お笑い」のくせに受けなかったのは、彼女が「笑えない笑い」を目指していたからではなくて、彼女の芸がまだこなれていなくて吹っきれてもいないからだった。「女芸人の時代」は、ようやく胎動を開始したばかりだったのである。

思い出してほしい。阿蘭陀おかねがピン芸人としてデビューしたのは、モンスーンパレスの安井貴子がこっそりとお笑いの世界に復帰したのと同じ時期だった。安井貴子は、金坪真名子がテレビの世界でキャラを確立し、売れているのか売れていないのか分からないが、若い女芸人が当たり前のようにテレビに顔を出すようになっているのを見て、「あんなんでいいんだったら、私ももう一遍お笑いをやろう」と考えていたのである。その頃には、後の「女芸人ブーム」を作るかもしれない「あんなんでいいんだ」系の人材が幾人も輩出されていたのである。

女芸人なら昔からいた。しかし、新しく登場して来る女芸人達は、「ひがみ」という新しい要素を持っていた。「ひがみ」――それこそが、金坪真名子が開いた女芸人の新境地である。

お笑いの原型は「バカを笑う」である。男の芸人は「バカ」とか「アホ」を演じればよい。しかし、女の芸人は「バカ」をやって「バカ」に見えない。「アホ」にも見えない。「バカ」を演じる女は、ブスにしか見えないからである。それで、女芸人というものは「ブスを笑われる」ということを商売のネタにする。ブスはバカでもあるので、「自分がブスであることに気がつかないバカ」という展開もある。

ブスが出て来て笑わせる。それでお客のみんなは幸福になって、役目を果したブスは去って行く――ほとんど「神のもたらす祝福」のようなものを演じる予定調和的存在が、女芸人だった。これは、お笑いの伝統様式を持つ関西に根強い傾向で、関西の女芸人はバラエティー番組に出演してもネタをやりたがる。関西の女芸人の「ブス」は、そのネタと一体化した存在なので、「キャラ」というものがあまりない。キャラをいじられても「ギャグ」と称するワンパターンの反応しか見せないので、東京ではあまり成功しないのである。

しかし、金坪真名子が結果として開いてしまったものは、予定調和的ではない。どうしてかと言うと、金坪真名子が「ブスだと思われるのは不本意だ」というところに立脚しているからである。だからその笑いは、客を祝福するものではない。女としての正当な権利を主張するアグレッシヴな方向性を見せるものでもあるが、ハードロックではないので、アグレッシヴなままでは終わらない。攻撃的なエネルギーが負の方向に転化して、「自虐」というところに突き刺さるのである。これが作為的にはならず、本当のことだったりするからしようがない。ネタにはならずキャラになって、金坪真名子は「ほしがるけど手に入らない」ということをもっぱらにする、ひがみキャラの開祖となったのである。

男女雇用機会均等法の後である。誰にでも「ほしがる機会」は均等に開かれている。でも、だからと言って誰にでもほしいものが手に入るわけではない。どうしてそういうことになるのかと言うと、「美人」とか「可愛い」と称される女達が、優先的にほしいものを手に入れてしまうからである。「男女の機会が平等であるのに、どうして自分には公平感が湧かないのであろうか?」と女達が考えるとどうしてもそういうことになる。女達の九〇%は、自分のことを「美人」とは思えていないので、どうしても不平等な搾取をする「幻の特権階級」を発見してしまうのである。

女のひがみ根性は、「本当は私は美人なのに」と思う女の胸の内に宿って、しかしこれをストレートに口にすると「美しくない女」になってしまうという、むずかしいものである。だから、ひがみ根性を口にしてしまうと、ある種の女達の支持を簡単に得てしまう。金坪真名子の後に出て来た女芸人達は、多かれ少なかれこの「ひがみ」の要素を持ち合わせ、公然と「ひがみネタ」を売り物にする女のピン芸人も現れて来る。「ひがみネタ」を口にする女芸人は、その芸風がアグレッシヴであれ鬱《うつ》的であれ、本気でブスであってはならない。ホントにブスだと、「私達あんなにひどくないわよ」と、女の観客達の顰蹙《ひんしゆく》を買うからである。

「ひがみネタ芸人」は、普通の女達の代弁者なのである。だから、すぐに人気が出る。男と結婚だって出来る。そして、すぐに古くなる。なぜかと言うと、「えー!? あの人そんなにひどくないのに、ネタでひがんでる」と思われてしまうからである。人のことを妬《ねた》んでひがんでおいて、「あんたはどうなの?」と突っ込まれると、そうブスではないことの因果で、つい「私はそんなにひどくない、普通の女だ」と言いわけをしてしまうのである。

東京の客は、お笑いにもリアリティを求める。キャラに嘘があってはいけないのである。「ひがみネタ」の女は、ひがんでいるように見せて、「普通」という安全地帯にいるから、だめなのである。金坪真名子など、どれだけ水をぶっかけられ、小麦粉まみれになり、足許を狙われて引っ繰り返っただろう。そのようなことを繰り返し、「被害に遭ってもめげない女」というキャラを確立し、であればこそ「金坪さんのひがみにはリアリティがある」というところまで行けたのである。

東京では、芸のない芸人が熱湯をぶっかけられたり顔に洗濯バサミをはさまれてうろたえ騒ぐことが、いつしか「リアクションが芸」と言われるようになって、「リアクション芸人」というものも生まれた。これは「バカを笑う」の伝統による先祖返りみたいなものだが、女芸人にとってはまた違った。女芸人にとってのリアクション芸は、キャラの真贋《しんがん》を試される試練だったのである。

白い小麦粉まみれになって突き出した顔があきれるほどおもしろいと、その女は「本物」なのである。ただのブスが粉まみれになっても、おもしろくはない。それは「よくある光景」でしかないのである——そうなってしまうのが、ただのブスなのである。「普通」からそれ以上の女だと、粉まみれになってもそんなにおかしくない。「おかしい」と思う前に、「顔が分からなくなっている」と思われてしまうからである。

女芸人たるものは、顔に小麦粉をぶっかけられても「おもしろい」と思えるような顔が出来なければならない。そうなるように自分を鍛え上げ、磨き上げて、人としてなにも負けない不屈の心を備えて、その上でひがみ根性を発揮しなければならないのである。そういう「女芸人虎の穴」がどこにあるかは知らないが（マレーシアにあるという噂もある）、一人前の女芸人が出来上がるためには、長い時間がかかる。世間では相変わらず「女芸人＝ブス」という図式でかたづけようとしているが、社会の成熟と女達の変化によって、もうただ「ブス」だけで女芸人をやっていられるような単純な時代は過ぎていたのである。

というような長い説明ではあるけれども、阿蘭陀おかねはその初めから「ひがみ」というものとは無縁の女だった。社長令嬢だった彼女は、そういうものを超越した境地の女だった。だから、テレビのバラエティー番組に出て小麦粉をぶっかけられても、ヌルヌルのローションの上を転がされても、顔にパンストをかぶせられても、そんなにおもしろくなかった。

では、そんな女がどのようにして金坪真名子や安井貴子と関わって来るのか？「ひがみ」が前提となった女芸人の世界で、彼女の存在はどのような意味を持つのか？それは、同じ年齢の彼女達が「四十歳」という年齢を間近にするようになってはっきりする。

五　とみざわとみこもやって来る

「ひがみ」を売り物にする女芸人の一人に「とみざわとみこ」という女がいた。これもまた社長令嬢で、年齢は阿蘭陀おかねや金坪真名子、安井貴子より一歳だけ上だった。

しかし、とみざわとみこの父親は、バブルがはじけても破綻しなかった。その代わり、娘のとみざわとみこが破綻した。十九歳になったとみざわとみこは、お嬢様学校へ行っていたにもかかわらず、五歳年上のロックミュージシャンと恋に落ちて、駆け落ちをしてしまったのである。顔を見れば、巾着袋に小豆《あずき》を入れたような庶民的な顔をしていながら、とみざわとみこは、バブルの時期にふさわしい「恋に生きる少女」だったのである。

恋に生きるとみざわとみこは、お嬢様学校をさっさと退学して、彼と同棲を始めてしまった。それは、倹《つま》しい金坪真名子と安井貴子の二人が、ガマゴオリの里から出て来て、東京辺の国立大学と短大に入る年のことだった。後になってとみざわとみこの過去を知った金坪真名子は「チッ!」と舌を鳴らし、安井貴子は「ああ、贅沢!」と羨望の声を上げた。

ここでまた「新たな女芸人の話が生い立ちから始められるのか?」と思ってうんざりされる方もおられるかもしれないが、今度こそ本当に手短である。

恋に生き、ロックミュージシャンの彼と同棲をしていたとみざわとみこは、親から毎月二十万円の仕送りを受けていた。とみざわとみこは「いらない」と言ったのだが、お父様とお母様は娘が心配だったのである。そりゃ心配だろう、一年が過ぎて二年もたたない一年八カ月目に、相手の男はとみざわとみこと暮らすマンションの部屋を出て行ってしまうのである。理由は、生活に困らないとみざわとみこが男の面倒を見て、「自称」が付くロックミュージシャンの男が全然働かなくなってしまったからである。恋に生きるとみざわとみこは「そんなことどうでもいい」と思ったが、男の方は「このままじゃ自分がだめになる」と言って、部屋を出て行った。

男がその後にどうしたのかは知らないままのとみざわとみこは、若き日の恋を思って目を潤ませ、「〝自分がだめになる〟って自覚しちゃうんだからさ、素敵じゃない？」と言った。

それを聞かされる安井貴子は「そうかなァ」と言って、金坪真名子は「バカらしい」と帰り仕度を始めた。三十代後半になった女達があと一突きで「四十」にもなってしまいかねない夜の、おしゃれな居酒屋の個室での出来事である。

だめ男との同棲経験ならある安井貴子は、「自称」付きでも「ロックミュージシャンならいいなァ」とは思うが、「部屋を出て行くだめ男」に「素敵」の言葉を贈るような感性はなかった。安井貴子の知る「だめ男」との同棲は、「しているとその内にうんざりして来るもの」だけだったのだ。うっかり自分の同棲体験なんかを話したら、「やっぱり、アーティストだから違うのよね」なんてことをとみざわとみこに言われる残念な結果になってしまう。「そうかなァ」という中途半端な相槌を打つしかなかった安井貴子は、他人の恋に関心のない金坪真名子が、安井貴子の同棲の記憶を口にしなかったことに、ささやかに安堵の胸を撫で下ろすしかなかった。

古顔のモンスーンパレスの女二人は、十九の年にロックミュージシャンと駆け落ちなんかをしたとみざわとみこを「図々しい」と思ったが、とみざわとみこはそんなことだけでは終わらない。恋多き女だったのである。

おそらくは「自称」に毛の生えたくらいのロックミュージシャン——その名を城之内《じょうのうち》憲太郎《けんたろう》に去られたとみざわとみこは、それでめげたりはしなかった。父や母や兄の待つ家に帰ろうというつもりもなく、「もう一人になったから、仕送り半分でもいいよ」と言うだけは言った。しかし、一人になっても家に帰って来ない娘を心配する親達は仕送りを減らすこともなく、もらえるものを拒む気のないとみざわとみこは相変わらずの金額をもらって、そのままの部屋で一人暮らしを始めた。なんとなく「男を待っていたい」という気もあったが男は帰って来ず、ロックミュージシャンと暮らしていたとみざわとみこは、今度は自分がアーティストの方面に進むつもりで、演劇の道を志した。目指すはミュージカルである。

二十一歳のとみざわとみこは、小さな売れない劇団の研修生になって歌と踊りのレッスンに励み、すぐに小さな売れない劇団の正規メンバーになった。つまりは、公演ということになるとチケットを引き受けるノルマを進んで負ったということである。干支《えと》が一巡する間、とみざわとみこは演劇の世界にいて、それから、演劇で得たキャリアを活かして、お笑いへの転向を図った。とみざわとみこが籍を置いていた劇団が解散してしまったからではあるが、もしかしたらそれだけではないかもしれない。とみざわとみこには「主役になってみたい」という願望もあったのである。

とみざわとみこには、どうしても主役が回って来なかった。どうしてかと言うときっと本人には直接言えないようなむずかしい理由もあったのだろうが、表向きの理由は、彼女が芸達者だったからである。「どうしても脇を固めてもらいたい」と演出家は言った。

とみざわとみこの劇団には、年に何回も公演出来るような体力がない。だから芸達者のとみざわとみこは、他の小劇団の公演に何回も「客演」で出演した。「客演」だから主役にはならない。それだけである。

十二年の間には色々なことがあった。暇があってエネルギーもあったので、同棲も二度してしまった。一度は二年半の長きにも亘ったが、結末は最初の時と同じだった。どうしても、とみざわとみこは男に尽しすぎてしまうのである。性的とは違うところに、それだけのエネルギーが隠されていたのである。

ところが、三十歳を過ぎてお笑いを目指す頃から、とみざわとみこのエネルギーの質が変わって来た。それを男に向けるよりも、自分のために消費したくなったのである——と言うよりも、自分のためにエネルギーを消費すると、そんなにも男の方に体が向かないのである。月並みにも「自己実現」という方向性を感じ取ったとみざわとみこは、「一段上のステージ」を目指して、男に向けていたエネルギーを半減させてしまったのである。自分にはそのつもりがなかった。しかし、お笑いを目指したとみざわとみこは、いつの間にか男から縁遠くなって、女芸人には必須の「男に縁のない不細工女」というものになってしまっていたのである。

とみざわとみこがお笑いを目指したのは、斎藤美帆子がピン芸人の阿蘭陀おかねになり、コールセンターのオペレーターになっていた安井貴子が、ひそかにお笑いに復帰した年である。モンスーンパレスの金坪真名子と安井貴子、阿蘭陀おかねととみざわとみこの四人は、揃って「女芸人ブーム」なるものが訪れる時を目指すことになるのだが、そのことによって「女芸人ブーム」と言われたものがなんだったのかははっきりする。

六　夢見る三十代を過ぎても

「女芸人ブーム」と言われても、そこで億単位の経済効果が生まれたわけではない。「いつ始まったのか？」と問われても定かではない。美人にしか関心のない男達が「気がつきゃ最近、テレビにへんなのが出てるな」と思ったのが「女芸人ブーム」なので、だからこそそのブームの中心にいたとみざわとみこも阿蘭陀おかねも、安井貴子も金坪真名子も、人に妬まれることがなかった。群衆にサインを求められることもなかった。不思議な脚光が当たっても、この四人の女達は、「ああ、ありがたいことで。もったいないことで」と、寺参りをするバーさんのようにヘコヘコと頭を下げるばかりだった——まァ、その中でもモンスーンパレスの二人の女は、芸歴の長さと芸風とによって、「ヘコヘコせずにふんぞり返る」という態度を見せた。それをして、誰からも非難をされなかった。

ブームの中心にある女達が小学生の女の子達から憧れられることがなかったという不思議なものが「女芸人ブーム」と言われるものだったが、それも当然である。「女芸人ブーム」というのは、小学生や中高生の女の子を対象とするものではなかった。同じ年齢層の男子を対象とするものでもなかった。女芸人は、AKB48ではないのである。それは、「社会進出はしたけれども、別にいいことなんかない」と思う女達に対して、「それはそうかもしれないけどさ、そんなこと気にしててどうするの？」と体を張って言う、人生の応援団だったのである。

三十の坂を越えると「あーあ……」と思い、その先に四十の壁があることを知ると慄《りつ》然《ぜん》とする——それが女というものである。結婚して子を持ってもそうである。なに不自由のない美人であってもそうである。ましてやで、「もうすぐ三十」というところで失恋したり、「もうすぐ三十」なのに相変わらず男運のないままの女だったりすると、これはもうなおさらなのである。現実がやばくなると、美しい少女の頃の夢（「美しい」は「少女」にではなく「夢」にかかる）の中に退行したりしてしまうのだが、そういう風にしていても、「四十」の危機はひっそりと近づいて佇《たたず》んでいたりするのである。

「ああ、もうだめ。なにもいいことなんかないわ」と、あらかじめの悲嘆に昏れてしまう根性の弱い女達の前に現れて、「そうよ、いいことなんかなにもないのよ」と、社会の歪んだ構造を指摘し、どんないいことにも出会わず、どんなひどいことに遭っても平気で体を張り続けて生きて行くのが、金坪真名子だったりするのである。

「そうよ。えっと、私なんか平気でなにも──、えっとなんだったっけ？」と言葉に詰まっても平気でいられるのが、なんの特徴もない、ブスでさえない、老け顔の安井貴子だったりするのである。若い時は老け顔であっても、若くなくなった時に同じ顔のままでいたら、もう老け顔ではない──安井貴子はこのことを実証して、「若い時の太陽は眩《まぶ》しすぎるから、つい人を殺したくなってしまいたくもなるのだ」という、深いことを教えるのである。

そして、その「四十の壁」へ向かう尖兵として立ち上がったのが、一歳だけ年上のとみざわとみこだった。

とみざわとみこの持ちネタは、「もう四十になろうとしているのに、どうしてだろう、相変わらず独身のままだ」という、自虐のひがみネタである。別に誰かをひがんでいるわけでもないのに、そう思えてしまうところが、とみざわとみこの持ち味である。

演劇で鍛えられたとみざわとみこは、発声がよく滑舌《かつぜつ》もいい——その声で明るく「どうしてだろう？」と、もうすぐ四十女のなにもない不毛さを列挙して行く。観客は、「なにを分かりきったことを」と思って、「あっはっは」と笑う。四人の中で「笑えるネタ」を持ち合わせているのはとみざわとみこだけなのだが、自身の不毛状況を並べ立てて「どうしてだろう？」とまとめ上げて行くとみざわとみこは、ギャグではなく、根本のところで「どうしてなんだろう？」と本気で思っているのである。

小豆の入った巾着袋のような顔をしたとみざわとみこは、ボケではなく、本気で「いつの頃からか私は男と縁がないような状況に陥っているが、それはなぜだろう？」と考えている。いつも考えているのではなく、フッと考える。どうしてそうなるのかと言うと、それは彼女の中に「夢見る少女」が相変わらず健在でいるからなのである。だからこそとみざわとみこは、自分のいる現実を「不思議だな」と思えるのである——それがずーっとではなく、「時々フッと思える」。だから、大丈夫なのである。

己の中に住む「夢見る少女」の力によって、もうすぐ四十になろうとするとみざわとみこは、キラキラと輝く瞳で「我が身の不毛」を明るく語り続け、人に希望を与えてしまうのである——「ああいう人もいるんだから頑張れるわ。私だって元々、ああいう楽天的な女だったのよ」と女には思わせ、男には、「ああいう考え方でいてくれると、こっちとしても楽だな」と思わせて、不毛の世に美しい希望と潤いを与えてしまったのである。

ということになって、ここで注目されるのが、阿蘭陀おかねのポジションである。人に受けないネタばかりやっていた阿蘭陀おかねには、「それでどうしてテレビに出れたんだ?」という謎もある。

阿蘭陀おかねは、業界の男達に可、能、性、を、評、価、されてテレビに出されたのである。

初めは「一山いくら」の芸人の中にいる、たまたま「女」である女芸人の一人だったが、彼女は、まったく受けないネタをやっても怯《ひる》まない。そればかりでなく、人当たりがいい。色黒できつい目付きをしていて、それを強調するようなメイクをしているのだが、笑うと可愛い。虫歯になった五、六歳の女の子がミソっ歯を見せてニッと笑っているような愛らしさがある。「ひょっとするとこれは化けるぞ」と、長い間芸人を見て来た男達は考えた。阿蘭陀おかねは、女芸人のくせに、ネガティヴなこともアグレッシヴなことも言わず、黙々としてマニアックなことに勤《いそ》しんでいたので、男芸人達からの受けもよかった。主に「売れない男芸人達」ではあったけれども。

妙なことに、阿蘭陀おかねは、その可能性とひそやかな人望によってテレビに出れたのである。そして、テレビに出ても、ちっとも活躍しなかった。「私なんかがこんなところに出て来てもいいのかしら？」と思う阿蘭陀おかねは遠慮をして、芸人の座る雛壇に上がっても、ほとんどなにも言わなかったのである。「おかねさんはどうなの？」と指名されても、「えー!?」と言って、「私は――」と言って、それっきりだったのである。シュールなネタに生きる阿蘭陀おかねには、「公の場でパーソナルなことを語る」ということが理解出来なかった――彼女はそのようにシャイだったのである。

日本の、東京のお笑いは、ネタよりも芸人のキャラを重視することによって、日本特有の私小説化して行った。しかしおかねには、語るべきことも訴えるべきことも、私生活に於いてはなにもなかったのである。

見てくれはネガティヴで、シャウトしちゃうところはアグレッシヴなのに、阿蘭陀おかねには、ネガティヴなところもアグレッシヴなところもなかった。だからひがまない。「付き合ってる男の人っているの？」と、仲間の女芸人に聞かれても、「ううん」と平気で答える。「性欲ってないの？」と聞かれると、「もしかして私って、ないのかもしれない」と平気で答える。平気で答えてそのままである。

仕事が終わって、ビールを飲んでいられれば、阿蘭陀おかねは幸福なのである。それともう一つ、喋りよりも、身体表現の方が好きなのである。だからついシャウトをオチにしてしまう。自分の芸がいいか悪いかも、周囲の声によってではなく、自分の身体実感によってジャッジしてしまう。「お、これは——」と思うネタは、体が「いい」と反応するので分かるのである。だからと言うので、テレビに出してもらった阿蘭陀おかねは、「出してくれる人のためにも、もう少し分かるネタをやらなければいけない」と思って、モノマネの練習を始めた——阿蘭陀おかねは、そういうピュアな女なのである。

まず定番の「桃井かおり」はマスターして、それから「安藤優子」に挑戦した。桃井かおりは声質が似ているからやりやすかったが、安藤優子はちょっと違う。しばらく口の中で「あにょ」だの「こにょ」だのと転がしていたら、「差し歯にモチがくっついた安藤優子」というのが出来た。モノマネの練習をして分かったことだが、阿蘭陀おかねは十分に人が悪かった。「桃井かおり」になると、あることないこと、好き放題のことを言ってしまうのである。そうして「シュールな桃井かおり」が登場してしまうのだが、「シュールな桃井かおり」が善意から生まれるはずはない。

他人になると好き放題のことが言えてしまう阿蘭陀おかねは、自分のことで不平を言うことも自慢をすることもない。その点で、シュールなネタに生きる阿蘭陀おかねは、古き佳《よ》き日本の風土に合致した「節度ある女」だったのである。

とみざわとみこは、「もう四十なのに!」と大声でアピールをしている。金坪真名子と安井貴子の二人はキャリアが長いから、「もしかしたらもうすぐ四十かもしれない」と想像出来る。そのつもりで見ると、なんとなく「不安」のようなものが見えたりもするが、どこから湧いて出たのか分からない阿蘭陀おかねは、いくつなのかよく分からない。四十近くになっても、「三十二、三にしか見えない老け顔」でもある。年齢は不明だが、阿蘭陀おかねには別のものが匂う。「貧乏」である。

社長令嬢だった阿蘭陀おかねは、事実、貧乏なのである。母と二人で相変わらず中古の2DKマンションに住んでいるのである。ノー天気なとみざわとみこは、現役の社長令嬢でもあるので、三十を過ぎても「夢見る少女」のままでいられたが、阿蘭陀おかねが「夢見る三十代」だったかどうかは、その外見からだけでは分からない。

会社を辞めて自立したキャリアウーマンになるのもいいが、貧乏がこわい――そういう女達の心を慰撫するように、平気で貧乏の匂いを漂わせるもうすぐ四十の阿蘭陀おかねは、いかなる不平不満をも口にすることなく、天真爛漫にシャウトをし続ける、「貧乏への備え」となる存在なのである。

「案ずることはなにもない」と言われても、口で言われるとなんだかんだ余分なことを考えてしまうのが、「だって――」の接続詞で話をどこまでも続けてしまう女という生き物である。阿蘭陀おかねはそれに対する備えとして、余分なことを一切口にしないのである。

既に大方の予想はついているだろうが、金坪真名子と安井貴子ととみざわとみこと阿蘭陀おかねの四人は、「四十」という恐怖の化け物が迫って来るのを防ぐため、東西南北の四隅に配置された、女のための守護神だったのである。

七　そして奇跡が最後にやって来る

「そうですか。そういうことだったのですか。それは分かりましたが、この小説はちゃんと終わるのでしょうか?」と、ここまでの原稿を読んだ担当編集者は言った。言われて、とみざわとみこのようにのんきな作者は、「終わるよ、終わる。簡単に終わるよ。もう、初めっからちゃんと簡単に終わるようになっているんだ」と、わけの分からないことを言った。

「ホントですか? へんなものを持って帰ると編集長に怒られるのですけど」と若き編集者は言うので、老獪《ろうかい》な作者は「ホント、ホント」と、またしてもいい加減なことを言った。

「ちゃんと、めでたしめでたしにすりゃいいんだろう? なるよ、なる」

「ホントにそんな風になるんですか?」と、まだ人生に猜疑《さいぎ》の目を向けている編集者は言ったが、ここまで来るともうバカと紙一重の作者の言うことはシンプルだった。

「奇跡だよ、奇跡。奇跡が起こりゃいいんだよ」

作者は平気だったが、若き編集者は首をひねった。

「そんな余地がどこにあるんですか？」

「あるよ」と言って、作者は先を続けた――。

　ある日のこと、金坪真名子は下町の通りを歩いていた。テレビで共演した女性タレントというか小娘タレントが差し入れに持って来た「濡れきんつば」があまりにおいしかったので、その日の夜に遊びに来る「甘い物がちょっと苦手」という阿蘭陀おかねに食べさせようと思って、買いに出たのである。

「お取り寄せ」とか、そういうことはない店だという。「私ん家の近くなんです」と言う若い小娘タレントの書いてくれた地図を頼りに歩いていた。「すぐ分かりますよ」と、若くてきれいだから頭がよくないに決まっている小娘タレントは、そのように「分かりやすい地図」を書いてくれたが、「女に地図を書いたり読んだりする能力はない」という言葉を裏付けるようなシンプルさだった。

　初めは、「地下鉄の駅を出て、右に行って、角を右に曲がるのか」ですむと思っていた金坪真名子は、すぐ道に迷った。「駅を出ればすぐ」と言われたが、その地下鉄の駅の出口が複数で、どれを出ればいいのか分からない。当てずっぽで「こっちだろ」と思ったのが間違いの因《もと》だった。駅を出て右に行くと角があって、そこを右に行くと右側にお寺があった。緑はあるが、菓子屋などというものはない。

「あれっ?」と思って、金坪真名子は更に先を進んだ。するとまた右へ曲がる角があったので、「こっちか?」と思って曲がった。「道に迷った時は来た道を引き返せ」という鉄則が存在することを知らない金坪真名子が「戻った方がいいか?」と思った時には、どう戻ったらいいのかも分からなくなっていた。

「店の名前はなんていうの?」という質問に対して、若い小娘タレントは、「なんていうのかな? いつも行くだけだからよく分かんない」と言って、「行けば分かりますよ」と、簡単な地図を書いたのだが、それはつまり、「行かなければ分からない」なのである。

「女芸人ブーム」というのは、それ以前にあった「おバカタレントブーム」を受けてのことで、「可愛いけどあきれるほど物を知らないバカ」というのがテレビの世界には一杯いて、それが認知されてしまったのである。テレビを見る日本人の多くは、自分のことをあんまり頭がよくないと思っていて、世間の手前このことを隠して生きて来た——そのことに疲れて来たので、「あきれるほど物を知らない可愛い顔をした娘」をテレビで見て、あきれて驚き、そして赦《ゆる》したのである。バカを赦すと、我が身も楽になることを知ったのである。全国的に「赦し」ということが広がった。「あれはバカではない。キャラなのだ」という適用方式が広がって、「あれはブスではない、キャラなのだ」という形で、女芸人も人として女として認知されるようになったのである。

「ホントに、そんな余計なことをせんけりゃいいんだ。こっちは初めっから女で人間なんだから」と、可愛い顔した小娘タレントの書いた地図（らしきもの）を見ながら、金坪真名子が一人でブツブツ言っていると、突然衝撃が走った。なにがなんだか分からないが、金坪真名子は横の路地から出て来た男とぶつかったのである。金坪真名子は地図に気を取られ、男は携帯のメールを見ていた。

金坪真名子は、よろけて地に這った。こけるのは職業柄なんともないが、眼鏡がずれてなんだか分からない。なにが起こったのか分からなくて、自分がどうなっているのかも分からないのだ。

「すみません」という男の声がした。目の前にモヤモヤしたものがある。ずれた眼鏡を直すと、目の前に腰を屈めた男がいた。瞬間、「年の頃は三十七、八」と金坪真名子の脳はサーチして、「なぜか独身」と直感した。

「どうして独身だって分かったの？」と後になって聞かれて、「なんでだか分かんないけど、そうなんだって、その時に思ったの」と、金坪真名子は答えた。それが「奇跡」というものである。

目の前にいた男は、野性的だが実直そうな感じのするいい男だった。それだけはしっかり分かって、後はボーッとしていると、低い男の声が「大丈夫ですか？」と言って、なにかが金坪真名子の手に触れた。男の指だった。間違ってレストランのウェイターの手に触れた以外は、もう何年も、もしかしたら十数年かそれ以上、お笑いの仕事以外で男の手に触れたことはない。

目の前の男は道に片膝を突いて、「立てますか？」と言いながら、金坪真名子の手を握った。地面に這いつくばった金坪真名子は、その男の手を頼りにして、しっかと握って、立ち上がった。男は金坪真名子より二十センチばかり背が高い。目を合わせるとポッとなってしまいそうなので、うつむいて服の汚れを払った。

男はまた、「大丈夫ですか？」と言った。すっ転んだ後に一言も言葉を発しない相手の様子を気づかってのことだが、もちろん金坪真名子は不機嫌だったのではない。

金坪真名子は、「〝お名前は？〟って聞かなくちゃ」と思って顔を上げた。すると男はその顔を見て、「あ、金坪さんですよね？ ファンなんです。いつも見てます。大丈夫ですか？」と言った。そう言って男は、見つめ続けていた。

金坪真名子は正直女子高校生の気分になって、「嘘だァ」と口を開けて言った。男は、「嘘じゃないですよ。いつも〝ちゃんとしたこと言うなァ〟と思って見てます」と言った。

しばらく言葉がなくなった。うつむいた金坪真名子の白い頬がうっすらと紅くなった。男も黙って立っていた。

「なにか言わなくちゃ」と思う金坪真名子は、「あの、この辺で濡れきんつばってお菓子売ってるところありますか？」と言った。動顛して物事の優先順位が分からなくなって言っただけで、金坪真名子はその夜に阿蘭陀おかねがやって来ようと来なかろうと、濡れきんつばがあろうとなかろうと、もうどうでもよかった。

男は、「カネマンかな？」と言った。「お店の名前は分からないんです」と金坪真名子が言うと、「きっとカネマンだと思いますよ」と言った。そして体の向きを変えると、「こっちです」と言って、「歩けます？」と言った。金坪真名子は、冗談でも、「もう骨粗鬆症《こつそしょうしょう》の心配をしなきゃいけない年ですけど、大丈夫です」とは言えなかった。

金坪真名子は慎重に一歩を踏み出し、少しよろけた。わざとではなく、フラッとしてただよろけた。男の手はすかさず、金坪真名子の白い手を取った。「大丈夫ですか？」と、男は金坪真名子の目を覗き込むようにして言って、金坪真名子はそこに「歪んだ邪な欲望」をもう見なかった。「どうせだめなんだから」とも思わなかった。四十を間近とする年まで女芸人として生きて、気がつけばもうひがむことはなにもなかった。「日常」というところが妄想の生まれる余地のない、ぼんやりと暖かくて居心地のいい所だということを初めて知ったように思った。

男の名前は洲崎信之助《すざきしんのすけ》と言った。年齢は三十七で、やっぱり独身だった。「どうして、今まで結婚しなかったんですか？」と聞くと、「運が悪かったんですかね」と言った。

男は、金坪真名子とぶつかった場所の近くに住む葭簀《よしず》職人だった。家は明治の頃から葭簀を編んでいて、家を継ぐかどうか迷っていたのだが、父親が病気になったので、会社を辞めてその後継になったのだと言う。

金坪真名子は、生まれ故郷のガマゴオリの地の浜に昔あった海の家を思い出した。赤い「氷」という文字の書かれた小旗が立っている葭簀張りの小屋が目に浮かんで、「あいうものを作ってる人もいるんだ」と思った。「運が悪い」という言い方も分からなくはないが、「私は別に、運が悪くないな」と思った。

既にお分かりだと思うが、そうして洲崎信之助と金坪真名子は、幸福な結婚をしたのである。

それを聞いた安井貴子は大ショックだったかと言うと、そういうわけでもなかった。金坪真名子と洲崎信之助の関係がひそかに進行しているその時、やっぱりもうすぐ四十になろうという安井貴子は、テレビ局のスタジオの隅で、若いＡＤに呼び止められていた。ＡＤなのでまだ二十代である。「なァに？　なによ？　なんなのよ？」と、セットの大道具の裏に呼び出された安井貴子は、「真剣なんです。僕と付き合ってくれませんか？」と告白されたのである。

相手は見るからに貧乏そうな若いアシスタントのディレクターである。年は二十七で、安井貴子より十二歳も若い。「えっ！」と絶句した安井貴子は、「冗談じゃないわよ！」

などということを言わなかった。「えっ！　どうしようかな。どうしようかな」と言って、「ちょっと待って」とその場を抜け出して、一人でまだ「どうしようかな、どうしようかな」と続けていた。「だって、二十七よ。十二も年下よ」と言って、全然困ってはいなかった。嬉しくて嬉しくて、「内緒よ」と言いながら、人に打ち明けずにはいられなかった。

その話を若いイケメンバーテンダーのいるバーの片隅で聞いたとみざわとみこは、既に「え!?」と言って驚愕したが、それで焦るわけでもなかった。とみざわとみこは、既に年上の男からプロポーズされていたのである。「心は少女」のとみざわとみこは、自分では知らなかったが、いつの間にか中高年男に「あの娘いいじゃないか」と思われるような存在になっていたのである。プロポーズした相手の男は、バツ一で、もう五十に近い——父親の会社と関係のある男だった。

四十になったとみざわとみこは、若干白髪が目立って「円熟」の色も宿りかけている相手を見て、「私、もう少し芸人をやっていたいんです」と言った。父の関係の男はコンサバで、とみざわとみこに専業主婦になってもらいたいと言うのだった。

「私、専業主婦になれると思う？　相手もう四十七よ」と、とみざわとみこは安井貴子と、カウンターの向こうに立っている若いイケメンバーテンダーに言った。とみざわとみこは、若い男にならいくらでも尽せるが、中年男の専業主婦にはまだなりたくないのだった。若いイケメンとの縁はなくとも、女芸人をやっていれば、いくらでも若いイケメンと出会うことは出来る。「もてない女芸人と若きイケメン」というのは、最早バラエティー番組の柱にもなるようなものだった――その後に「おネェブーム」というのが来る時までは。

とみざわとみこは、年を取らなかった。強がりではなく、寂しくなかった。生きていることが充実しているなと思った――それで、もうしばらく女芸人をやっていようと思ったのだった。

その話を聞いた阿蘭陀おかねは、「ああ――」と言った。若い頃に男からプロポーズをされるという、女としては正規のコースを辿っていた阿蘭陀おかねは、「そういうこともあるんだ」と思ったのだ。

金坪真名子の結婚は、最早既定の事実になっていた。安井貴子は、まだ嬉しそうにして、今度は「ねェ、どうする？」と十二歳年下のＡＤに言っていた。「私は当面、結婚する気はないんだけどさ」と、そこら辺の話をとみざわとみこから聞かされた阿蘭陀おかねは、「そうか、そういう選択肢もあるのか？」と思って、結婚のことを考えた。

「お母様、私が結婚したらどうする？」と、阿蘭陀おかねは年老いた母に言った。おかねの母は、「そりゃ、結婚した方がいいでしょう」と言った。「そうか」と言った阿蘭陀おかねには、「誰かいるの？」と言われても、「ううん、全然」だったのだが、女芸人として認知され、長いバイト生活からも解放されて生活に余裕の出て来た阿蘭陀おかねは、「そうか、結婚という選択肢もあるんだ」と、生まれて初めて思った。

四十になろうとする阿蘭陀おかねは、「そうかァ、結婚かァ――」と思って、視線を宙にさまよわせていた。なんだかそれは、すごく新鮮な気持だった。

その新鮮な気持を五年間持続させて、阿蘭陀おかねは、七歳年下のサックス奏者と結婚した。娘が結婚するという話を聞いたお母様は「あらそうなの」とあっさり言った。娘よりも長く生きているお母様にとっては、別に「奇跡」というものは、そう大騒ぎをするほどもないものだったのである。

「つまり、教訓というのは、人と出会いがしらにぶつかるというのは重要だということですか？」と、最後まで読んだ若き担当編集者は言った。

「そうだよ。それでみんな、携帯の画面見ながら歩いてんだよ」と作者も言った。

そうだったのか。そうだったのである。

初出「小説すばる」
第一話　欲望という名の電気ゴタツ　二〇一〇年九月号
第二話　セックスレス・アンド・ザ・シティ
（前編）二〇一一年五月号　（後編）二〇一一年九月号
第三話　電気ゴタツは安楽椅子の夢を見るか　二〇一二年二月号
第四話　すべての人に幸福な未来を　二〇一二年五月号

本書は二〇一二年九月、集英社より刊行されました。

橋本治の本

蝶のゆくえ

定年の夫を若者たちに殺された妻、夫の両親と同居したことから人生の歯車が狂っていく上流家庭の主婦など、現代の女たちを取り巻く人間関係を鋭く描く短編集。第18回柴田錬三郎賞受賞作。

集英社文庫

橋本治の本

夜

子供のころ、女を作って父親が蒸発した加那子。彼女が選んだ男もまた、自分と娘を捨てて家を出て行く——「暮色」を含む五つの短編を収録。男と女の間に横たわる大きな隔たりを描いた意欲作。

集英社文庫　目録（日本文学）

集英社文庫

幸《さいわ》いは降《ふ》る星《ほし》のごとく

2016年2月25日　第1刷　定価はカバーに表示してあります。

著　者　橋本《はしもと》　治《おさむ》

発行者　村田登志江

発行所　株式会社　集英社
東京都千代田区一ツ橋2-5-10　〒101-8050
電話　【編集部】03-3230-6095
【読者係】03-3230-6080
【販売部】03-3230-6393（書店専用）

印　刷　凸版印刷株式会社

製　本　加藤製本株式会社

フォーマットデザイン　アリヤマデザインストア　マークデザイン　居山浩二

ISBN978-4-08-745414-7 C0193